催眠ガール2

大嶋信頼

催眠ガール2　もくじ

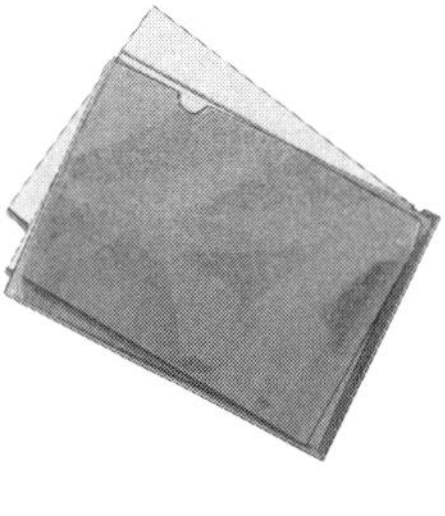

前作のあらすじ

両親と妹の四人家族の女子高生・夏目明日香。兄は生まれる前に亡くなっている。家では両親から、つらく当たられてきた。

家庭でも学校でもいつも周りの人の気持ちを考えて苦しくなり、勉強にも集中できない夏目。

ある日、心理療法である「催眠療法」の本に出合ったことをきっかけに、高田馬場の催眠療法の「お師匠さん」のオフィスに通うことに。

夏目は「お師匠さん」とかかわることで催眠状態を経験。いつのまにか勉強ができるようになり、悩んでいる友人を催眠を使って助けたいと思い、実行する。

そのことをきっかけに様々な困難が降りかかっていくが、夏目は催眠の力で成長していく――。

［主な登場人物］

夏目明日香《なつめあすか》――主人公。女子高生（高三）。
両親と妹（中三）の四人家族。生まれる前に亡くなった兄がいる。勉強や家族のことで悩んでいたが、催眠療法のお師匠さんと出会い催眠を身につけることによってさまざまな変化が訪れる。

沙知《さち》――夏目の友人。成績がよくなかったが、夏目の催眠によって勉強ができるようになった。

由衣《ゆい》――夏目の友人。彼氏の拓海に振り回されていて苦しんでいたが、夏目の催眠によって解放され、女優の道を歩むようになる。

亜美《あみ》――夏目の友人。優等生。相撲部のマネージャーで、PTA会長の娘。前作では亜美の母によって夏目が退学に追い込まれそうになった。

青木《あおき》――男子生徒。バレーボール仲間。長身。

山崎《やまさき》――男子生徒。バレーボール仲間。

本間《ほんま》――夏目の担任の先生。

お師匠《ししょう》さん――催眠療法の先生で、サラリーマン風のメガネのおじさん。夏目のことをいつも優しく見守っている。

第1章

引きこもりの女子中学生を救え！

「なんで私って催眠を勉強したいと思ったのかな？」と催眠のお師匠さんのネクタイの柄を眺めながら、頭の中が催眠を習い始めた当時にタイムスリップしてしまいそうになる。

　でも、何も食べていなかったのでタイムスリップができずにお師匠さんの前に戻ってきてしまう。

「夏目さん、いじめをきっかけに引きこもりになってしまった中学生の女の子の家に調査に行っていただけませんか？」とお師匠さんから言われて、あまりにも唐突なことだったのでびっくりして「なんで私は催眠を勉強し始めたのだっけ？」と頭が過去に飛んでいた。

「お師匠さん、私、まだ高校生で、来年受験なんですけど」と伝える。するとお師匠さんは「ガッハッハ！」と大きな笑い声を上げた後に、急に真面目な顔で「夏目さんだったら大丈夫！」と訳のわからないことを言って「ちゃんとアルバイト料をお支払いしますから！」とおっしゃった。

　多分普通の人にこれを言われたら「何が大丈夫なの？」と疑問が湧いてきて「受験生で勉強をしなきゃならないのにちっとも大丈夫じゃないじゃん！」と断るはず。

　でもお師匠さんに言われてしまうと「まぁ、大丈夫か！」となってしまって「じゃあ、行かせていただきま～す」と二つ返事をしていた。住所のメモを渡されて私はいつの間にか電車の中で「ガタンゴトーン」と心地よい音と揺れを感じている。

そしてまるで自動運転のように赤本を開いて勉強をしながら、お師匠さんのオフィスでの出来事を思い出していた。赤本の問題集を解いている途中で難問に差し掛かり「ちっとも受験勉強は大丈夫じゃない！」と電車の中でお師匠さんに文句を言っていた。

赤本の表紙に書いてある大学名はカバーで隠してあるが、お師匠さんの催眠で勉強が楽しくなるようにしてもらう以前は「そんな大学を受験するなんて考えられない！」という頭の悪さであったことが思い出される。

クラスメイトの沙知が「私たち赤本じゃなくて赤点だったよね！」と教室で赤本を開いている私に向かって笑いながら言っていた。

集中していたら「田園調布～」とアナウンスが聞こえてきて「降りなきゃ！」と慌てて赤本を閉じ、カバンを抱きかかえてホームに降り立つ。

「この駅のホームから調査が始まっているのよね」と独り言を言いながら、最近、やっとお小遣いを貯めて買ったスマホを取り出してメモを書き出す。

駅からどんな風景が見えて、どんな音が聞こえているのかを書いていく。これって、まるで探偵の調査みたいだよね、とメモをとりながら自分に話しかけている。

そして、「あ、ちょっとパンの匂いがしてくるかも」と匂いの情報も書き足していく。

私は、地下ホームの景色をメモしながら、階段を登り始める。階段を登っているのは、催眠のお師匠さんから「駅のホームから改札までの階段は何段でしたか？」と聞かれるのがわかっているから。「一、二、三、四」と数えながら登っていく。

地下のホームから上がってくるとおしゃれなパン屋さんが駅構内にあって「あ〜！　ここからパンの匂いがしていたのか〜」と自分の食いしん坊ぶりにちょっと呆れてしまう。

「焼きそばパンが置いてあるかな？」と覗いてみたかったが、そんなことまでメモしていたらものすごい量になるので、パン屋さんの青い看板だけメモに残して光が差し込む改札の方へと歩いていく。

この駅に降りるのは初めてだし、お師匠さんのお使いも初めてなので緊張しながら教えられた住所に向かって歩き始める。

左手にある階段を登っていくと昔の田園調布駅の建物が壊されずにそのまま残っている。「うわ〜！　こんなに駅が小さかったんだ〜！　田舎の駅みたい！」と呟きながらスマホに書き込んでいく。

古い駅校舎をくぐっていくと目の前にはフランスの凱旋門の周りをまわる道路みたいなサークル状の車道があって「おしゃれ！」と感動しながら歩いていく。

イチョウの木が、明るい緑色の葉を四月のすこし肌寒い風になびかせている。ちょっと緩やかな坂道を登りながら、時折、風が吹くと葉っぱが擦れる音が「サーッ」と聞こえてきて、風が私の横を通り過ぎていくのがわかる。

道路脇にある家々には庭があって立派な生垣を備えている。

そしてさらに歩いていくと正面に白い円筒の二階建ての大きな建物が見えてきて「あれ？　右と左のどっちに行けばいいの？」と迷いそうになったけど「え〜い！　右じゃ！」と曲がったらすぐにまっすぐの道路が見えてくる。

道路の左右に並ぶ家の生垣の高さや色をメモしていると、コツコツと靴音が聞こえてきて、四〇歳ぐらいの女性が坂を下ってくる。こんな風に駅から家までの道のりの情報を集めていくと催眠のスクリプトができ上がるから面白い。

私が大好きなアメリカの催眠療法家のミルトン・エリクソンおじさんは、自分の子どもとかお弟子さんに患者さんの家をこんな風に調査してもらって「家の色は？」とか「階段の段数は？」と情報をたくさん集めて、そこから催眠スクリプトという「物語を聞くだけで無意識が働き治療ができちゃう催眠」を作っていた。

最初にエリクソン博士のお弟子さんが書いた本を読んだ時は「本当かな？」と信じられなかったけど、和製エリクソンのお師匠さんの催眠スクリプトを聞いていたら、いつの間にか寝てしまって催眠状態に入ってしまった。

そして、しばらくしたら「あれ？　全然勉強に集中できなかったのに集中できている！」という自分に変わっていたのにびっくりした。

親友の沙知と私はクラスで最下位の成績を争っていたのに、お師匠さんに習った催眠スクリプトを沙知に作って読んでみたらいつのまにか「沙知が塾に通うようになってクラスで成績がトップ」になっていた。今、この時間も沙知は受験勉強を一生懸命にやっているだろう。沙知に勉強で置いていかれる焦りが急に湧いてきて「うわ〜！」と頭をかきむしりたくなる。

でも、次の瞬間「赤いレンガの二メートルぐらいの高さの塀が右側にそびえ立っている」とメモをしている。すると私の「コッ、コッ」という靴音が周りの壁に響いて耳に入ってくる。そして、私の背中を優しく押すように まだ冷たい風が後ろから吹いてくる。

持っていたスマホから「もうすぐ目的地です」というアナウンスが流れてきて「え？　あの大きなお城みたいな家？」とびっくりする。

白い曲線状の壁が家の前にあって、その上にはどうやら木が植わっているから二階にも緑の庭園が広がっている、という仕組みになっているみたい。

「うわ〜！　私、この家のピンポンを鳴らして入っていくの？」玄関のドアベルまでは正方形の灰色の煉瓦が敷き詰められていて八メートルぐらいある。ふ〜っと息を吐いてから足をすすめる。「え〜い！」とドアベルを押す。

「はい！　どなた様でしょうか？」

「催眠のお師匠さんのお使いで来させていただきました」と用意をしてきたセリフを言ってみる。

するとドアが開いて「どうぞ」とスピーカーが玄関の方へ招き入れる。私は緊張しながらも玄関までの歩数を「一、二、三」と数えながらスマホに書き込んでいく。

「よくいらっしゃいました」と、私よりもちょっと背が小さめだけど肩まで伸びた髪に白いワンピースを着たお母さんらしき方が出迎えてくれた。お母さんは思わず「若いスタッフを行かせますから、と先生がおっしゃっていたからどんな方かと思っていたけど、本当に学生さんなのね」とびっくりしていた。私は「そうなんです！　高校生で、先生のところで受付のアルバイトをさせていただいてます」と元気よく応えながら、お母さんの足元のサンダルのデザインをスマホにメモする。

白い大理石が敷き詰められた学校の教室ほどの玄関の向こうには緩やかなカーブを描いた階段が二階へと伸びている。

さまざまな色のガラス製品の皿をかたどったアートとか、大きな藍色のツボが階段の横に飾ってあり、よくみると部屋の至る所に彫刻などの作品が置いてあって、その形もメモに書き取っていく。

このメモが催眠の物語を作る素材になるのを知っているから、ひたすらスマホでフリック入力をしていく。

するとお母さんが沈黙に耐えられなかったのか、「今の若い子ってスマホの入力が早いのね」と褒めてくれた。私は「目についたことを何から何までメモをしていかないと、お師匠さんに怒られちゃいますので」と訳のわからないことを答えていた。いや、メモしていかないとお師匠さんに怒られるわけじゃない。

私は、この家とお母さんの様子を見ていたら、みんなの願いが叶うような催眠のスクリプトをお師匠さんが作れるように情報を集めたい、という思いになっていた。正直、この家にくるまでは「お金持ちが羨ましい」と思っていた。でも、駅からこの家まで歩いてくる途中で見てきた家々や、この家に入った時の印象で、「お金持ちって大変なんだ」という重圧のようなものを感じていた。

「周りは全て立派なのに、自分には何もない」という孤独感。

そう、私もそうだったけど、両親もきょうだいもちゃんといて普通の家族のようだけど、愛されていないあの孤独感。それがこの冷たい白い大理石の床から伝わってくるような感覚があった。

するとお母さんが「うちの娘に会っていきますよね」と声をかけたのでびっくりする。

「え？　会うことができるんですか？」と言ったところで、思わず「部屋に引きこもっているのに」と言いそうになったのを堪えた。「ええ！　あなたのお師匠さんと会ったこともあるし、ちゃんと用事があると部屋から出てくるから大丈夫よ」と言われて私はビビってしまう。

なぜなら、部屋の中で引きこもっていて怒りに満ち満ちているモンスターのようなもの、というイメージがあったから。私にとっては未知の生物に出会う、という感覚があった。

お師匠さんから渡されたバイト代のことを考えたら「いや大丈夫です」と断る勇気が湧いてこない。

「はい、ぜひお願いします」とお母さんの後をついて階段を登っていく。大きな木の扉にすりガラスのような光を部屋に取り入れる窓のようなものが、縦にまっすぐに伸びている。

お母さんがドアを叩くと「はい」と中から声が聞こえて、その縦のすりガラスに影が近づいてくる。「巨大な中学生だったらどうしよう」とドキドキしながら待ってドアが開いたら、「あれ？　意外と私より小さかった」とちょっとホッとする。こんな家に住んでいるのだからおしゃれな格好をしているのかな？と思っていたら、普通の緑のジャージを着ていて「あのあやしい先生のところからきた人？」と私のことを観察している。

女の子の髪は短くカットされているが、ちょっとお風呂に入っていないな、という感じでボサボサになっていた。「あの先生のところでバイトしているの？」と聞かれて「そうだよ！」と私はちょっとタメ口気味に答えた。

女の子に「あの先生ってあやしくない？　本当にあの先生、催眠とかで治せるの？」と聞かれて、私は思わず「あやしいでしょ～！　私も最初はそう思った！」と話し始めた。するとお母さんが「ちょっとお茶を用意してきますね」と言って私を娘さんの部屋の中に入れてドアを閉めようとする。「待って！　二人にしないで～！」と言いたかったがすでに遅かった。

娘さんは「何をやってるの？」と私のスマホを覗いてくる。「お師匠さんが催眠のスクリプトを作るために、駅からこの家まで、そしてこの家の情報を集めているの」と伝える。「その催眠のスクリプトって私のために作るやつ？」と聞いてきて「多分そうだと思うけど」と答えると「ウケる～！」と娘さんは笑いながら手を叩いてベッドに転がった。

「そんな催眠スクリプトなんかで私が学校に行くと思っているわけ？」と聞いてきたので私は「わからない！」と答えた。

だって、お師匠さんが何を考えているかなんてわからないもの。

でも、お師匠さんは、あなたをただ学校に行かせるためだけに催眠スクリプトを作らないと思う、と伝える。娘さんは「なんでそんなことがわかるの？」と尋ねる。

「だって私は、去年まで全く勉強ができなくてクラスで成績が最下位だったのが、お師匠さんの催眠スクリプトで大学受験まで考えられるようになったから」と答えながらカバンの中からカバーがかけてある赤本を女の子に渡す。

「ねえ、催眠のスクリプトに必要な情報をここでメモっていい？」と聞くと「いいよ！」と返ってくる。

娘さんは赤本を開いて「なに！　国立大学を目指しているの！　すごいじゃん！」と驚きの声を上げる。私は他人からそんな風に言われると「マジで？　この大学をこの私が受けるの？」とちょっと怖くなってしまう。

だって、ついこの間まではどこの大学も成績的に無理だからどうしたらいいの？と絶望的な気持ちになっていたから。「この私がこんなレベルの高い大学に挑戦するの？」と現実的に考えられないことが起こっている。

震えそうになるのを、娘さんの部屋のメモに集中して抑える。部屋には、一・五メートル程の白い木でできた長方形の机が窓の方に向いていて、背もたれが緩やかなカーブを描く木の椅子がその前に置いてある。

窓からは二階に設けられた緑の庭が目に入ってくる。

「ねえ！　なんで私が学校に行かなくなったのか質問しないの？」

「だって私がそんなことを聞いたって、あなたは本当のことを話してくれないでしょ！」

娘さんは「へへぇ～！」とちょっと顔を赤くして照れ笑いをした。

「ねえねえ！　お姉さんって名前なんて言うの？」

私は、「夏目って言います」とちょっと丁寧に答えた。

「夏目！　私は莉子《りこ》だよ！」といきなり年上の私のことを呼び捨てにしたので、名前を教えてもらったついでに情報も聞き出してメモしちゃえ、と思って「莉子ちゃんって呼んでもいい？」と聞くと「いいよ！」とちょっと嬉しそうに答える。

「莉子ちゃんの身長って何センチ？」と言うと「え～!?　あのおじさん、そんなことまで知りたいの？　ちょっと変態じゃない！」と失礼なことを言う。「まあ、催眠の先生だからね！」と私は適当に誤魔化すと莉子ちゃんは「身長は一五五センチでどうせ体重も聞かれるんだから先に答えるけど体重は四二キロだよ」と答えてくれた。

ちょっとこの子の体重が気になるな～、と思って「ダイエットとかやっているの？」と鎌をかけてみる。

すると莉子ちゃんはちょっとびっくりした表情で「夏目！　すごいじゃん！　どうしてわかったの？」と言った後に「あ！　そうか！　私が自分で体重を言ったからか！」と再び「ウケる～！」と大笑いをして手を叩きながらベッドに転がる。

「なんでダイエットをしているの？」と聞くと「え!?　私って太ってるじゃん！」とおかしなことを言う。

でも明らかに私の妹よりも手首なんかが細い。「いつ頃からダイエットをし始めたの？」と言うと莉子ちゃんはニヤリとして「夏目！　鋭いじゃん！」と言う。「あの催眠のおっさんはただのおじさんと思っていたけど、夏目がこんなに鋭いんだったらあのおっさんってもしかしてすごい人？」と聞いてきたので思わず笑ってしまう。

「莉子ちゃんってマジで面白いね！」とスマホを片手で持ちながら、莉子ちゃんを真似て「超ウケる！」と手を叩いて私も笑う。莉子ちゃんは「そうだよね、すごい人じゃなかったらこんな高校生の女の子を私のところに送ってこないもんね」と急に真面目な顔になった。

莉子ちゃんが何かを話そうとした時に、ノックの音が聞こえて「紅茶とクッキーを持ってきたからどうぞ」とお母さんが入ってきた。私は思わず「うわ〜！　タイミング悪い！」と心の中で叫んでいたが、顔は満面の笑顔で「どうもありがとうございます」と言っていた。莉子ちゃんは私の表情を観察していた。

莉子ちゃんは何を考えたのか、「では、ごゆっくり」と言って部屋から出ようとするお母さんに「ねえ、お母さん、あの催眠のおっさんのところから来た夏目って高校三年生で受験生なんだよ！」と話しかける。

お母さんは作り笑顔で「まあまあ、大変ですね、こんなところまでいらしてくださって」とだけ言ってドアの向こうへと消えていった。莉子ちゃんは閉められたドアを眺めならちょっと寂しそうな表情をして「ほらね！」と言う。

私にはその「ほらね！」の意味がわかったような気がした。莉子ちゃんが「すごい！」と感動したことが、お母さんには伝わらずにスルーされてしまい、ものすごい孤独に苛まれる。莉子ちゃんが傷ついたこと、悔しかったこと、悲しかったことなどをお母さんにわかってもらおうとしても、光が闇の中に吸い込まれて消えてしまうように、お母さんのあの黒い瞳の奥に吸い込まれて消えていく。「早くこの場から去りたい」。

お母さんが置いていったティーカップのように、熱く注がれたものがすぐに冷めて、部屋中に広がる豊かだった香りがいつの間にか消えていく。

「夏目、紅茶冷めちゃうから飲みなよ！」

私は闇に吸い込まれそうな思いを振り切るつもりで「ＯＫ！」と言いながら、ティーカップの繊細な持ち手を慎重に掴んで口へと運ぶ。

「アッチ！」とこんなところで私の慌てぶりが出てしまってちょっと恥ずかしくなる。莉子ちゃんはそんな私を笑顔で見つめながら「クッキーも美味しいよ！　私は食べないけどね！」と勧めてくれた。

クッキーを一枚口に運ぶとサクッとクッキーが口の中で弾ける。そして、小麦の香ばしさとバターの上品な香りが口の中に広がって、後からチョコレートのビターな苦味が大人の食べ物であることを教えてくれる。

「美味しい！」と叫びたかったが、食べていない莉子ちゃんには言えない。表情だけで莉子ちゃんにそれを伝えると、莉子ちゃんは嬉しそうに「それ、すごく美味しいでしょ！」と笑顔で答える。

次の瞬間、莉子ちゃんは寂しそうな表情をして「私さ、一年生の頃は楽しく学校に行っていたんだ」と話し始めた。

一年の頃にみんなと一緒で楽しかったから、二年になってクラスが変わっても新しい友達と一緒に思い出づくりをしたくてクラスのSNSを立ち上げた。そしたら、莉子ちゃんが感動したものの写真をアップするたびに「キモい」とか「デブが何をやっているの」などと書き込まれていた。

最初の頃は「そんな悪口を書く子もいるよね」と思っていたけど、ショックだったのは誰もかばってくれなかったこと。そして莉子ちゃんが投稿を止めたら、その場が莉子ちゃんの悪口の場になってしまった。

誰かがそのことを担任に知らせたら「どうしてあなたは学校に断りもなく勝手なことをしたんだ」と怒られて親が呼び出された。「母親と父親が学校に呼び出されて、私が悪口の標的になったことに怒ることもなく、ただひたすら『娘が勝手なことをして申し訳ない』と教師に頭を下げていたことで私の中で何かが弾けてしまった」、と教えてくれた。

さっきまであった、チョコのビターな味がいつの間にか消え、鼻の奥がツーンとして私の目から涙がこぼれ落ちた。

私の中では「あんなに優しいお母さんがどうしてかばってくれなかったの？」という疑問は湧いてこない。私のことを見つめるあの母の冷たい目と、あの時の心の痛みが思い出されて涙が流れてしまった。

気がついたら莉子ちゃんも泣いていてジャージの袖で涙を拭いながら「夏目！　メモをとらなくて大丈夫なの？」と聞いてくる。私は思わず「おーい！　こんな深刻な話を聞きながらメモがとれるか〜い！」とツッコミを入れる。

莉子ちゃんは「そうだよね、重い話だよね、ごめんね！」と心配そうな顔で声をかけてくれる。その表情があまりにも健気で再び私の目から涙があふれてきてしまう。

次の瞬間、私は何も考えずに「重いんじゃなくて、嬉しいんだ！　ありがとうね！　莉子！　話をしてくれて！」と伝えていた。涙が引くまでにちょっと時間がかかってしまってすっかり夜の帳《とばり》が降り始めている。

私は「莉子ちゃん！　ありがとうね！」と伝えて、玄関でお母さんと並んでいる莉子ちゃんに手を振っている。涙を流した後は身体が冷えて凍えるような感覚を感じていたのだが、なぜか帰る道すがら私の体は熱くカッカしていた。「お師匠さん！　私を嵌《は》めたでしょ！」と心の中が文句でいっぱいだった。

「引きこもりの女の子の家に調査に行ってください」とお師匠さんはおっしゃったけど、あの家に行ったら絶対に私が催眠スクリプトを書きたくなる、ってわかっていて私を送ったでしょ！　モォ～！　受験勉強をしなきゃならないんですから～！　そんなことを思いながら、早く電車に乗って催眠スクリプトを書きたくなっていた。

切符を買って急いでホームに降りて行くとちょうど電車が入ってきた。「うわ～！　たくさん人が乗っている」。座って集中して催眠スクリプトを書くことは断念することになったが、今はスマホがあって、片手でフリック入力ができるから便利。スマホの入力画面を開く。

「無意識さん！　私に催眠スクリプトを書かせて！」とお願いすると、頭の中に水族館が浮かんできた。


一人の男の子がお母さんに連れられて水族館に来たんです。小さな男の子は水族館がどんなところか知らなかったけど、お母さんと一緒に歩くのが楽しくて太陽の光を感じながら歩いていきます。

水族館に近づくと小さな男の子はいろんな匂いを嗅ぎ分けることができるようになりました。

それは海に連れていってもらった時のあの潮の匂いなのかもしれません。海に行った時のあの夏の思い出をもう一度、思い出したくて、男の子は胸いっぱいに「スゥ〜！」と潮の匂いを吸い、そして「ハァ〜！」と吐き出します。

水族館の入り口を目指しているお母さんに、男の子のあの夏の思い出がその繋いだ手を通じて伝わっているのか、いないのか。男の子は、お母さんの歩幅に合わせてちょこまかと急ぎ足のようになって歩いていく。

そう、水族館へ繋がっているアスファルトの道が靴の底から伝わってくると、夏のあの海への道が不思議と思い出される。男の子は「あれ？　海に行った時に何が楽しかったんだろう？」と思い出そうとします。コンクリートの道から砂浜に変わった時のあの足の裏の感覚が楽しかったのかな。それとも、波が打ち寄せ崩れる時の「ザブ〜ン」という音なのか、さらには海の水面に太陽の光が当たってキラキラとしたあの光だったのか。

そして波が砂浜に打ち寄せてきた時に、足が水で湿ってしまわないように逃げては、こんどは水が引いて行く時に笑いながら追いかけて行く。そして、いつしか、海の冷たい水が足先に触れた時のあの感触が気持ちよくて、じっと止まって波がやってくるのを待っていたあの時の気持ち。冷たくて心地よい海の水が寄せてきた時に、私の足の裏を支えてくれていた周りの砂を海の水は持っていってしまう。

そして、波が引いて行く時にさらに私の足の支えとなっていた砂が海へと帰ってしまって、波が引いた後に私の足跡が砂に綺麗に刻まれていたあの感覚が楽しかったのか、全てがキラキラしているように思えたあの時の思い出が私の中で蘇っていたんです。

そして、お母さんの手に引かれて入った水族館の中に大きな水槽が見えてきます。厚く透明なものに覆われた水の中にはたくさんの種類の魚が群れを成して泳いでいたり、堂々と一匹で泳いでいたり、とさまざまな魚たちの姿が見えてきます。

小さい魚たちは群れていて一緒の動きをするのでまるで一匹の巨大な魚のように見えてくる。

大きな魚がくると、小さい魚たちの群れはまるでとぐろを巻いた巨大な竜のような形になって大きな魚から離れて行く。そして、ある時は、大きな魚が小さな魚の群れと遭遇すると、まるで小さな魚が大きな魚が通れるようにトンネルを作って、そしてまた元の群れの姿に戻って行く。

あの小さな魚たちはどうしてみんなと同じ動きができるのだろう？「右に一斉に曲がるよ！」とか「みんなで時計回りに回って渦を作りながら、大きな魚を避けて行くよ！」って小さな魚たちが水の中で声を掛け合って動いているのかな？と見ていると楽しくなってくる。

小さな男の子が水を覆っている透明なものに手のひらをつけると、そこから心地よい冷たさが手のひらに伝わってきます。そして、小さな魚の群れを追いかけているように見える大きな魚はどうして小さな魚を食べたくならないのかな？と不思議に思えてくる。

もしかして、大きな魚は食べないでいることで、やがて小さくなって小さな魚の群れの中に入ってみんなと一緒に並んで泳ぎたいのかな？　と小さな男の子は大きな魚が小さくなることを想像していたんです。

でも、目の前で小さな魚の群れが再び巨大な竜のように渦を巻いて、大きな魚の脇をスルッと通った時に「あ！　小さな魚が集まって大きな魚を作り出して、大きな魚と一緒に遊んでいるのかも！」と思って、大きな魚と小さな魚の群れの戯れを見ているのが楽しくなってきます。

もしかして、小さな魚は大きな魚になりたくてみんなで集まっているのかも。そして、大きな魚と遊びたくてみんなで集まって大きな魚を作り出している。透明な水槽の中を夢中になって見ていると、向こう側から女の人が手を振っているのが目に入ってきます。魚の群れの向こう側で手を振っている人をよく見てみると、それはさっきまで手を繋いでいたお母さんでした。

向こう側で手を振っているお母さんは小さくて、近くにいる小さな魚の群れの一匹の方が向こう側にいるお母さんの小さな顔よりも大きく見えている。それまで小さな男の子はお母さんから手が離れた時に、いろんなことを考えてしまってお母さんのもとに駆け寄りたくなっていたけれど、でも、お母さんがあんなに小さく見えるようになっても、水槽の中の小さな魚たちは、みんなでいろんな形を作りながら小さな男の子にいろんなメッセージを送ってくれているから大丈夫なのかもしれません。

小さな魚たちがたくさん集まって渦を巻き巨大な生物のようになって、お母さんを見えなくしても、やがてその渦は消えていき、向こう側の小さなお母さんの姿が見えてくる。水槽の向こう側でこちらを眺めているお母さんにはその小魚たちのメッセージは伝わらないかもしれないけれど、小さい魚の一匹一匹が集まっていろんな形を作りながら小さい男の子に不思議なメッセージを送ってくれている。

あのキラキラとした海を眺めていた時には、こんなにたくさんの小さな魚たちが泳いでいることなんて想像することもできなかったのは、太陽が水面を照らしていたから。そして海の波が押しては引いて、という感じで水面に綺麗な白波を立てていたから。あの白波の下では小魚たちがたくさん集まって泳ぎながら渦を作ったりしていたのかもしれない。

白波や太陽のキラキラした光で小魚たちを私は見ることができなかったけど、小魚たちは私のことを白波の下からちゃんと見つけてくれていて、私にいろんな形を作りながらメッセージを送ってくれていたのかもしれない、って小さな男の子は思えたんです。

そんなことを思っていたら、その子は水を覆っている厚くて透明で手のひらで触ると冷たい感触が伝わってくるものに、自分の姿が映っていることに気が付きます。小さな魚の群れに注目していたから、そこに映る小さな私の姿に気が付かなかったけれど、そこには私の姿が映っていて、私とその冷たい掌を合わせてくれていて、興味深そうに私のことを覗き込んでいる。

大きな魚の目や小魚の群れを覗き込んでいた時や、向こう側に見える小さなお母さんに注目していた時には、そこに映る私の姿に気が付かなかったけれど、掌に冷たい感触を感じた時に、そこに映る私が私のことを興味深そうに見ている目を確かめることができます。たくさんの魚たちが泳ぐ水を覆う大きな、大きな透明な入れ物に映った私は常に興味深そうに、私のことを眺めている。

いつもは鏡に映るその子は、あることを意識しているみたいで、これまで、素直でありのままで映っている姿を見たことがありませんでした。素直でありのままの姿をその鏡で確かめてみたいと思ったことはこれまであったのか、なかったのか。その子は鏡の前でお母さんに髪をとかしてもらっている時も、そこに映る私はありのままの私なのかどうかの確信が持てません。

さらに誰かに写真を撮ってもらった時にありのままの私でいられるのか？と思っていたけれど、やはりカメラの前では何かしらのポーズをとっていて誰かを演じている気がしていたんです。そんな時に、素直でありのままの姿で映っている私が「誰かを演じていたっていいじゃない！」と無邪気に話しかけてきてくれます。

君を見ているたくさんの小魚たちのために、それだけじゃなくて大きな魚に興味を持ってもらうために誰かを演じたっていいんだよ！と優しく声をかけてきてくれます。だって、素直なありのままの自分は大切にしているから、大切な人にしか見せないんでしょ！と水槽に映る私は面白いことを言います。

「あれ？　そしたら、髪をとかして、さっきまで手を繋いでくれていたあの人の前でも素直なありのままの自分で映っていないから私が大切にしている人じゃないのかな？」とその子は疑問に思ったんです。すると、素直なありのままの自分が「君が一番大切にしている人は、今、君が見ている人でしょ」と笑いながら言ってきた。

それって、水槽の向こう側に見えているあの人のこと？　それとも水槽の中で泳いでいるたくさんのお魚さんたち？　そんなことを考えていたら、水槽に映って不思議そうにこちらを眺めている自分の姿が見えてきます。

　すると水槽の中の魚たちがキラキラっとした体を一斉に翻してサッと目の前から消えていき向こう側に去っていきます。そして、その小魚たちのすばしっこさを興味深そうに眺めている子どもが目の前に映っています。

　あの小魚たちは、その子が育ってここに戻ってきたら、自分達のように一緒に泳ぐ小魚になってくれるのかな？と期待をして去っていったのかもしれない。もしくは小魚の群れとライバル関係になって遊んでくれる大きな魚になって戻ってくるのかな、と小さな魚たちは楽しみにしているのかもしれません。

　でも、その子は知っていたんです。その子が大きくなって、そこを再び訪れる時、それはありのままの素直な姿を大切な人に見せてあげるためにやってくることを。年齢を重ねて、いろんな知識を蓄え、さまざまな人たちの影響を受けてきても変わらぬ素直なありのままの姿を大切な人に見せにきてあげる。

　周りにいる小さな子どもたちが水槽に近づいて、羨ましそうに私を見上げながら、小魚たちの群れが大きな魚と共に戯れているのを懐かしそうに眺めています。そして、そこには素直なありのままの私が水槽のガラスに興味深そうな表情をして映っていたんです。

「あなたはそんな風に成長することができたんだね」とその素直な眼差しが語ってくれます。

小魚の群れがとぐろを巻いて水槽がキラキラと輝いている時でも、そこに映る素直でありのままの私は興味深い視線を送ってくれていて「よく頑張ってきたね」とメッセージを送ってくれていたんです。たくさんの人の顔が映るその中から私だけを見つめて、優しいメッセージを送ってくれていたんです。

最後の文章を打ち込むと降りる駅のアナウンスが聞こえてきて、慌ててスマホをカバンに入れる。胸が詰まるようなちょっと息苦しいような感じがあるのは、今日、出会ったあの子がお師匠さんの催眠スクリプトを聞いて、どんなふうに変わるのかドキドキする感覚があるからなのか。

電車が駅のホームに到着する。みんなと同じように改札まで急ぎ足で行きたかったが「お師匠さんにあの子の情報を送らなきゃ」とメモした情報を全てメールに添付してお師匠さんのアドレスへ送信した。

自分がお師匠さんの真似をして書いた催眠スクリプトを送らなかったのは、お師匠さんにはそれが必要ないことを知っていたから。

駅から家までの道すがら、勉強の段取りが頭に浮かんできていた。なんだかわからないけど「絶対に負けたくない」と思って必死に勉強のスケジュールを歩きながら考えていた。

私は誰に負けたくないの?とツッコミを入れたくなったが、なぜか、今日会ったあの子の顔が浮かんできてちょっとびっくり。

また、あの子とのことを考えそうになって「今は勉強のスケジュールに集中!」とあの子のことを考えないようにしようと努力する。

気づくと家の近くに辿り着いていてなんだか安心する自分がいる。ちょっと前だったら、玄関の電気がついていなくて、中から不穏な空気が流れていた。それが、催眠スクリプトのおかげなのか、いつの間にか玄関には電気がつくようになって、ドアを開けた瞬間に「おかえり!」と優しい母の声が響いてくるようになっていた。「ただいま!」と元気よく母の声に応えるとキッチンの方から香ばしい揚げ物の匂い。

「もしかしてコロッケ?」と私の大好物の一つを匂いで嗅ぎ分ける。「明日香、よくわかるわね!」とキッチンでコロッケを揚げていた母がびっくりしていた。いつもだったら、妹が二階から降りてくるはずなのに、どうやら最近、高校受験の勉強をしているみたいで、部屋から出てこない。

「あれ? あの子って勉強嫌いじゃなかったっけ?」と私の周りでは、変なことが最近たくさん起きていることに気づく。私は自分の部屋で着替えてから、母が待つキッチンへと急いで降りて行く。

そこには茶色い衣をまとったコロッケが白い湯気を上げながらトレーの中にいくつも並んでいた。母の得意なキャベツの千切りも人きなボールに山盛りに盛ってある。「うわ～！　すごい！」と声が出てしまう。

すると、母が笑顔で「明日香！　おべっかを使ったって、何も出ませんからね！」と返してくれる。

ちょっと前の母だったら、いつも不機嫌で「意地汚い！」とか「みっともない！」とすぐに私を罵倒する言葉が返ってきていたのだが、私の催眠スクリプトで母はすっかり変わってしまった。「これって本当？」と自分の現実を疑ってしまう。

父もすでに帰っていて野球の中継を見ていた。あれ？　お父さんって野球中継とか見たりしていたっけ？と私の現実がまた違っている感覚になる。

会社の仕事がうまくいかず、父も母に輪をかけたようにイライラしていて、母から私の成績の悪さを聞かされて、苛立ちを毎日のようにぶつけられ、父から引っ叩かれて私は涙で瞼《まぶた》を腫らしていた。

最近、どうやら会社の仕事がうまくいっているみたいで、父の苛立ちがいつの間にか消えて野球中継を楽しめる普通の父に変わってしまっていた。

「お父さん！　ただいま！」と背中越しに伝えると「おう！　おかえり！」と画面から目をそらさず私の声がする方向に手を上げる。

ちょっと前の父だったら会社の資金繰りが大変で、さらに社員の問題を山のように抱えていて、悩み苦しんでいたのに「あれ？　それがいつの間にか解決している？」と現実が信じられなくなってくる。

母が私の愚痴を言って、父がキレて私が殴られ、ご飯も食べられずに泣きながら寝る、というあの毎日が私にとって現実だったので「大丈夫なの？　私の現実？」とまた疑問に思ってしまう。

お師匠さんに出会ってから、私の現実がいつの間にか変わっていた。だって、勉強に一切興味がなかった妹だって受験勉強をするようになったなんて、お師匠さんの催眠ってどれだけすごいんだろう、と思ってしまう。

そんなお師匠さんの催眠を真似して、電車の中で催眠スクリプトを書いてしまった自分が恥ずかしくなって、顔が赤くなった。

すると、母が「明日香、あんたちょっと顔が赤いんじゃない？　大丈夫？」と心配してくれる。「うん！　大丈夫！」と笑顔で母の方を向く。お皿にキャベツを山盛りにして、大きなコロッケを三つのせてくし切りにしたトマトを添えている。

私は、炊飯器から炊き立てのご飯をお茶碗に盛って食卓に並べていく。そして、鰹出汁の味噌汁が注がれたお椀をその横に並べる。母が元気よく「恵里香ちゃん！　ご飯ができたわよ！」と二階にいる妹に向かって声を上げると、妹が階段を駆け降りてきた。

父がテレビを消して食卓へとゆっくりと歩いてくる。妹の恵里香は私の顔を見るなり「お姉ちゃんには絶対に負けないからね！」と私に向かって指をさす。「え？　負けないって何よ？」と質問をすると、思春期の妹は「絶対に負けないからね！」と訳のわからないことを言う。

私は、コロッケと山盛りの千切りキャベツが気になっていたので、妹のことなんてどうでもよくなっていた。みんなが席に座ったのを見計らって父が「いただきます！」と声をかける。父は味噌汁を啜りながら「うまい！」と唸る。

私は早速コロッケに箸を伸ばす。「あれ？　明日香、ソースはかけないの？」と母が聞いてくる。「一口目はソースをかけないでお母さんが作ったそのままの味を味わいたいから」と伝えると、母は恥ずかしそうに「明日香は本当に食いしん坊なんだから」と笑う。

早速、一口かじってみると衣の香ばしいサクサク感が歯に伝わってきて、ホクホクのジャガイモと炒められた玉ねぎや牛挽肉の旨味が絡み合って美味しさが口の中に広がる。

この美味しさを口の中に感じたまま、炊き立てのご飯を口の中に運んだ時に幸せを感じてしまう。

そして、次はちょっとコロッケにソースをかけて食べ、すぐに母の自慢の千切りキャベツを口の中に放り込む。キャベツのシャキシャキ感と甘みがソースをかけたコロッケと相まって「最高に美味しい！」となっていた。父がコロッケに醤油をベッチャリかけて、母から「お父さん！そんなにかけちゃダメでしょ！」と怒られているのを妹が笑って見ている。

父は、母の気持ちをそらすためなのか「明日香！ 受験勉強はどうなんだ？」と聞いてくる。そんな勉強の話を今しないでよ〜、と一瞬思ったのだが、以前の殺伐とした食卓を思い出したら、これが普通の食卓なのかもしれない、と父の質問に真面目に考える。

「う〜ん、今は赤本を繰り返しやっているかな」と答えると、父が「塾とか予備校には行かなくていいのか？」と聞いてくれた。私はものすごく嬉しかった。なぜなら、私にはこの家では市民権がないみたいな感覚があって、私を塾に行かせるような余分なお金は全く存在していないと思っていたから。

すると、恵里香が「お父さん！ 私、塾に行っていい高校に入る！」と言い出した。父は恵里香に甘くて「恵里香は、行きたい塾とかあるのか？」といきなり恵里香の話に変わってしまっていた。

まあ、私が塾に行くつもりがなかったのは、催眠のお師匠さんのところに行けなくなるから。父には「高田馬場の自習室で勉強をして成績が上がってきた」という理由で定期代を出してもらっていた。

だから、もし、塾に行ってしまったら、お師匠さんのところに通わせてもらえなくなるので、最初からそんなことは考えていなくて、なんとか自力で経済的な負担をかけないような大学を受験するつもりだった。

恵里香は母と塾の見学に行くことが決まったようで、父が私の方を向いて「もし、必要だったら遠慮しなくていいんだよ！」と優しく言ってくれた。父が無理をしているように見えてしまって、なんだか涙が出てきそうになる。

食事が終わり、部屋に戻って、早速赤本を取り出して目指している大学の過去の問題でわからなかったところを何度も復習する。お師匠さんの催眠スクリプトで私は余計なことを考えずに勉強に集中できるようになっていたので、あっという間に時間が経っていて、気がついたら家族はみんな寝静まっていた。

これで寝ると、夢の中でも勉強をしていて、さっきまでわからなかった問題が夢の中でわかるようになるから、催眠って本当に不思議である。夢の中で勉強の効率が上がって、実際のテキストの理解が深まるから「また勉強の夢を見たい」と寝る前に思ってしまう。

そんなことを思いながら目を閉じたら、スマホのアラームで起こされて「うわ！　全く夢を見ていなかった」とちょっと焦って起きてしまう。でも、催眠のお師匠さんが「起きた時に覚えていなくても、知らず知らずのうちに人は夢を見ているんですよ」と催眠の講座で受講者の人たちに話をしているのを思い出して安心する。

駅まで走って、早い時間の電車に乗って座りながら今日の授業の予習を始めようとするのは、昨日のお師匠さんの調査の時間で私のスケジュールがずれてしまったせい。受験生なんだから学校の授業とか聞いてられないでしょ、と周りのみんなは授業中に内職とかしていて、先生もなぜかそれを大目に見ている。

私はお師匠さんの催眠スクリプトで勉強をするようになってから、なぜか授業の予習が楽しくて、つい受験勉強よりもそっちを優先してしまいがち。予習をして行くと授業が楽しくてずっと先生の話を聞いていられる。

もちろん、催眠の呼吸合わせの練習をしながら。

呼吸合わせは、教壇で先生が喋っている時の呼吸に注目して、先生のペースに合わせて呼吸をすることで「催眠」に入ることができる。お師匠さんの催眠は、テレビでやっているような「相手に暗示を入れて思い通りに動かす」というものじゃない。催眠で無意識の状態になればなるほど「本来の私」に戻っていく感じ。

先生に呼吸合わせして催眠状態に入れると、先生が本来の姿になって、あんなに「自慢話が多くて授業がわかりにくい」と思っていた英語の小松の授業がものすごくわかりやすくなって、ちゃんと受験のポイントや試験に出るポイントまで教えてくれるようになる。これって私が催眠で無意識になっていて、「小松ってうざい！」というティーンエイージャーのキャラクターを脱ぎ捨てて本来の自分に戻っているから、「勉強って面白い！」と小松の授業でも楽しめるのかも。この催眠の呼吸合わせをやっていると、無意識の状態で授業を聴きながら小松がアメリカに留学していた家まで浮かんでくるから面白い。

小松がある時、パワーポイントのスライドに留学時代の写真を貼ってきた時に「おー！　私、その家、見たよ！」と思わず心の中で叫んでしまった。催眠のお師匠さんにその体験を話したら「それが催眠の呼吸合わせですよ」と教えてくれた。呼吸合わせって「相手と合わせる」ということで、「小松の記憶」に私が呼吸を合わせることで「小松の見ていた過去の風景が伝わってきた」ということになるらしい。

授業をしてくれている先生に呼吸合わせをしていると、どうやら「先生の知識と合わせる」になるみたいで、私の成績が赤点だらけだったところからぐんぐん上がってしまった。

そのうちにクラス中が授業中に呼吸合わせをやるようになって、クラスの点数がぐんぐん伸びてそれがあやしまれて問題にされ、私が学校の裁判にかけられたことがあった。「催眠でインチキをしている」という疑いをかけられて。

そんなことを思い出してしまうのは、英語の小松の授業の予習をしていたから。電車に揺られながら英語の教科書を開いて予習をしていると、サミーという人物が出てきて「明日香！　リピートアフターミー(僕の真似をして！)」と英語の発音をしながら、教科書の内容を教えてくれる。私はサミーに言われるまま、教科書の文章を頭の中で発音していく。すると、サミーがちゃんと英語の発音を訂正してくれて「なるほど！」となる。

ちょうど全教科の予習が終わったところで亜美が電車に乗ってきた。「夏目！　おはよう！」亜美の声で私は教科書の世界から現実の世界に戻る。「夏目！　教科書なんて勉強していて大丈夫なの？　受験勉強の方が大事じゃない！」と亜美は余計なことを言ってきて、私を苛立たせる。

ＰＴＡの会長を母親に持つ亜美は優秀な家庭教師がついて、余裕があるから私にプレッシャーをかけてくる。

「そうだよね」と言いながら、私の目の前に立っている亜美に呼吸合わせをしてみると、白目が赤くなっているのが見えてきて「あ〜！　この子も寝ていなくて全然余裕がない！」ということがわかって可笑しくなる。

亜美は教師に媚を売るのが上手でかわいがられる役だったのだが、いつの間にかその立場を私に取られた感じがしているのかもしれない。

亜美も一時期は呼吸合わせを授業中に使っていて、その威力を知っているはずなのに、いつの間にかやらなくなってしまっていた。

亜美がマネージャーをやっている相撲部だって呼吸合わせで優勝までできたのに、どうして催眠の面白さを忘れちゃうかな？と思う。電車の中で亜美に呼吸合わせをしていると「あ！　私とライバルでいたいから、自分のやり方で私に勝ちたいと思っているのね」という亜美の感覚が伝わってくる。

電車を降りると沙知が合流してきて「おっはよ〜！」と元気な声が響いてくる。沙知が「そういえば夏目！　この前、電車の中でラブレターをもらったあのイケメンの子はどうしたの？」と余計なことを聞いてくる。

すると亜美が「聞いて！　沙知！　夏目って馬鹿なのよ！　今は好きな人がいるから！ってあんなイケメンを断っちゃったんだから」と大きな声で喋るので、周りのみんながチラッと私の顔をチェックする。あ〜！　私の顔、真っ赤じゃん！　「え？　好きな人ってあんたの前の席の青木のこと？」と沙知がずけずけと聞いてくる。それも大きな声で。

私は、周りに歩いている人たちが耳を澄まして聞いているのがわかるから、囁くような声で「違うって！」と否定する。沙知は「顔が真っ赤じゃん！」と笑いながらツッコミを入れる。「あんたたちが恥ずかしいことを大声で話しているから真っ赤になっているだけでしょ！」とプチギレ状態。

すると亜美が「あ！　本気で怒ったからやっぱり青木のことが好きなんだ！」と小学生のよう

に囃し立てる。「あんたら！　いい加減にしないと私のエビぞりアタックをくらわすわよ！」と言うと二人が逃げ出し、私は笑いながら追いかける。

教室に入ると青木たち男子がまだきていなかったので、ホッとする。沙知が「青木のことが好き」とか変なことを言うから妙に意識して、気まずい雰囲気になったらどうしよう、とドキドキしていた自分が馬鹿らしくなる。

席に座って沙知と喋っていると「よぅ！　おはよう！」と青木が山崎たちと一緒に爽やかな笑顔で入ってくる。

私がいつものように「よぅ！」と手を挙げながら二人に挨拶をするのは昼休みのバレーボール仲間だから。今となっては昼休みのバレーボールは催眠のお師匠さんのところの次の楽しみになってしまっていた。

山崎が「夏目ちゃん！　今日は絶対に負けないからな！」と私に指をさしてくる。私も負けずに「絶対に山崎なんかに負けないからね！」と指をさし返す。それを見ていた沙知が「ねえ、山崎って夏目のこと好きなんじゃない？」と言ってくるので「どうしてあんたはそうやって色恋沙汰を作り出したいの？」と呆れてしまう。

午前中の授業が終わってすぐに、途中のコンビニで買った焼きそばパンを頬張って牛乳で流し込み体育館に向かう。男子たちはいつ昼食を食べているんだろう？というぐらいみんな私よりも先に到着してトスの練習をしていた。

　山崎のチームと青木のチームに別れて試合をするのだが、私は山崎に催眠の呼吸合わせをしていたら、いつの間にか山崎と同じようにエビぞりスパイクが打てるようになっていた。青木が「ほら！　夏目！」とトスを上げて私がそのタイミングでジャンプをして、背中を目一杯そらして「バシーン」とスパイクを打ち込む。

　青木がそれを見て嬉しそうに飛び跳ねて「イェーイ」と私にハイタッチをしてきて二人の手が気持ちいい音を立てる。

　すると山崎も負けじとエビぞりアタックを決めて「絶対に夏目ちゃんには負けないからな！」と指をさしてくる。心地いい汗をかいて、チャイムの音と共にみんなで教室に向かう途中、青木が「今日も疲れたな！」と言いながら肩を組んできた。息遣いが近くてドキッとしちゃう。

　沙知のやつが余計なことを言うから変に意識しちゃうだろ！と心の中で沙知に向かって悪態をついていた。授業が終わって、帰る支度をしていると青木がくるりと後ろを向いて「夏目！　みんなで帰りに喫茶店に行くけど、お前はどう？」と聞いてきた。

　びっくりしたけど「今日は予定があるからごめ～ん！」と次の瞬間に自然に断っている自分がいて驚く。

昨日、調査したあの子のことが気になっていて早くお師匠さんのところに向かいたかった。そんな私を見て沙知がちょっとびっくりしていた。

みんなと別れて、心地よい電車の揺れと音を聞きながら授業の復習を始める。授業の復習を始めると、授業中に見えなかったことが見えてきて、わからなかったことがわかってくるから不思議。

わからなかったことがわかってくると、私の中のパズルのピースがはまったみたいになって「これはこういうことだったんだ！」と全体像が初めて見えてきて教科書の世界が面白くなってくる。「次は～高田馬場～！」という車掌さんのアナウンスが聞こえてくる。

電車を降りて、坂道を登って行く。なんだか今日はお師匠さんのオフィスの扉を開けるのがドキドキする。

昨日、依頼された仕事がちゃんとこなせたかどうか評価されるような感覚だったからなのか、ドアノブを引いて「お疲れ様です！」と静かに挨拶をしてこっそりと入って行く。受付には誰もいなくて、お師匠さんは催眠のセッション中だったみたいで、優しい催眠の声がドア越しにかすかに響いてくる。私はいつもの受付のデスクで電話番をしながら、今度は赤本を広げて目指している大学の過去の問題を解き始める。

勉強に全く集中できなかった私が、こうして集中できるようになったのはお師匠さんの催眠のおかげ。

家族からは「努力しない怠け者」と思われ殴られて、歴代の先生からは「馬鹿な子」扱いをずっとされてきた。お師匠さんの催眠を壁越しに習って、いつの間にか催眠で「本来の私」に戻っていて、言われなくても勉強するようになっていた。

そんな私の変化に興味を持った先生たちがお師匠さんのところに催眠を習いにきていて、PTA会長の亜美の母親までお師匠さんのセッションを受けるようになっていた。それだけみんなが催眠に興味を持つというのは、どれだけ私は問題児だったんだろう？と時々怖くなる。昔は、問題集を解いて、ちょっとでも間違っていたら「もうダメだ」と続けることができなくなっていた。

でも、催眠を習うようになってから「エラーの中に無意識が宿る」と思えるようになって「間違い」が怖くなくなり、エラーを起こせば起こすほどどんどん催眠が深くなって無意識の力が使えるようになる、そして楽しくなっていく。

そう、エラーで本来の自分に戻っていく。何度も問題集でエラーを繰り返して、毎回「あ！ここはこういう仕組みだったんだ！」という新しい発見があって、私は自分の思い込みから解き放たれていく。

そんなことを考えながら問題集を解いていたらお師匠さんの部屋の扉が開いて、カウンセリングを受けていた方がお師匠さんと一緒に出てこられた。お師匠さんがその方の予約と会計を済ませて「フ〜！　夏目さん、お疲れ様です！」と優しく声をかけてくれる。

そしてお師匠さんは「昨日の情報、ありがとうございました」とおっしゃった後に「夏目さん、あなたが書いた催眠スクリプトはどこにありますか？」と聞いてこられた。「え？　駅から家までの道のりの情報と家の客観的情報とお師匠さんはおっしゃってましたけど」ととぼけてみた。

でも、それは通用しなくて「夏目さんはあの子のための催眠スクリプトを書かれましたよね」と笑顔でおっしゃる。「はい！　確かに書きました！」と私は耐えられず答える。

お師匠さんにスクリプトを書いていたことを知られて嬉しいような、恥ずかしいような思いでスマホを取り出し、昨日書いたスクリプトをお師匠さんのアドレスに送信する。お師匠さんは「どれどれ」と言いながら、わざわざプリントアウトして私の目の前で催眠スクリプトもどきを読み始めた。

読んでいる途中でお師匠さんが「夏目さんは彼女の不登校の原因は学校のＳＮＳの中傷だけではない、と感じられたんですね」とおっしゃった時に、メガネの向こうにある鋭い眼でこちらを見られた。小魚たちが大きな魚に対して群れて渦を巻いて威嚇する様がＳＮＳの中傷のメタファーですね、とお師匠さんは私にスクリプトの解説をしてくださる。

私は「客観的情報を集めると催眠状態になる」とお師匠さんに教わった催眠状態でスクリプト

を書いてしまったので、内容自体もうろ覚えだったのだが「なるほど！　そういうことだったんだ！　すごい！」と思わず声を出してしまって「私ってアホだな〜」と自分で思ってしまう。

ＳＮＳの中傷は小魚たちの自分たちを守る本能でやっていることで、そこに大きな魚が入っていこうとすればするほど炎上する、というメタファーになっているんですね、とお師匠さんは感心している。

さらに彼女はそれを大量の水を蓄えている厚いガラスの水槽越しに見ているわけですから、決してそれが彼女を傷つけることがない、というメタファーになっている。小魚たちが大きな魚に怯えても、大きな魚に食べられないのは水族館の飼育員さんがちゃんと大きな魚にも小さな魚にも十分な餌を与えているから。それが私立の学校に通う子たちの環境を表しているわけですね、大きな魚に怯えて威嚇するような本能的な集団行動はとるけど、それは決して相手に危害を与えるわけではない、ということの。

お師匠さんは「う〜ん」と小さな唸り声を上げる。

「彼女は水槽の対面に立っているお母さんに『小魚に襲われる』ということを表現していますが、それはお母さんのためにやっていること。そして、この部分は同時にお母さんも『娘がＳＮＳで被害に遭っている』を真に受けていないということを表現しているわけですね」

私は、お師匠さんのその解説を聞いた時に、私が中学校の時にいじめを受けていたのに母親が

「みっともない」とか「恥ずかしい」と真に受けてくれなかったことが思い出されてしまった。そこでお師匠さんはまるで名探偵のように「これって彼女がお母さんのために自己犠牲をやめてもいい時期に差し掛かっているというメタファーになっているんですね」とおっしゃった。「自己犠牲」というキーワードを聞いた時に、病弱だった母親といつも会社の金策で苦しんでいた父親の顔が浮かんできた。

私は「勉強をしないで成績が悪い」と毎日のように引っ叩かれて泣かされていたが、決して勉強をしようとしなかったのが「自己犠牲」と言われたら、なんだかパズルの欠けていたピースが見つかったような気がした。

私がだらしなくてダメな子だから母親の調子が悪くなって、父親がイライラして会社の仕事がうまくいっていなかった、と思っていて申し訳なさを感じていた。

でも、同時に母親は姑からいびられていたようで、その怒りを私でストレス解消していたし、父親も会社がうまくいかないイライラを私にぶつけることで会社でいい人を演じられる、と思っていたかも、と自分が両親のために自己犠牲を払っていたという自覚があったから、あれだけ堂々と勉強をしなかったんだ、という心の仕組みがわかってしまった。

学校の勉強ができないのも家族の犠牲になっているから、という感覚が私の中にあった。私は心の中で「自己犠牲は美しいもの」とどこかで思っていたけど「自己犠牲はモンスターを作り出すもの」ということが見えてくる。

宗教の時間に聞いたのも、「人々を救うため」に自己犠牲を払って神の子が地上に降りてきたら、人々がモンスターと化してしまって、自己犠牲を払った神の子を十字架につけてしまった。最近、家族が変わったな、と思ったのは、私が自己犠牲をやめて家族がモンスターじゃなくなったから、と思ったら複雑な気持ちになる。

そんな私の心中をお師匠さんは知ってか知らずか「あの子はずっと母親のために自己犠牲を払ってきたんです」とおっしゃった。「病気でずっと調子が悪かった母親のために快活な子を演じてきたんです。普通の人が見たら『母親のために自己犠牲を払っていい子を演じることに疲れちゃったのね』と思うかもしれませんが、夏目さんは『自己犠牲が拡大していじめにあっている』という解釈をされたんですね」、とにこやかにおっしゃった。

私はそんなことは考えもつかなかったが、ここはお師匠さんの話に乗っかっておこうと思って「うん、うん」と大きくうなずく。

自己犠牲が拡大していじめにあうって、私のケースで考えれば「みんなのストレスのはけ口になる」ということだけど、この場合は、あの子が自己犠牲を払ってお母さんのためにみんなから嫌われる醜い子を演じることで、お母さんがあの綺麗な家でまともな母親を演じることができる、ということだよね、と思った。

そして、あの子が母親を引き立てるために醜い子を演じれば、母親がモンスター化して無感情、無関心のお化けになってしまう、という仕組みになっているんだ、と初めてわかった気がした。

でも、あのスクリプトでは水槽越しに母親を見ているから、母親が歪んで見えているだけ、となっているよね。するとお師匠さんは、今回のこの学校のSNSでのいじめで不登校になった出来事は、母親と一体化していた彼女が「母親と私は違うんだ」と新しく生まれる、というメタファーになっているんですね、と解釈してくださった。

お師匠さんはネクタイを締めたサラリーマンのおっさんに見えるけど本当にすごいんだな〜、とびっくりしちゃう。そんなお師匠さんを見ていたら、「夏目さんって本当に面白いですね〜！」とおっしゃった後に「ガッハッハ！」と豪快に笑われた。

私もお師匠さんの真似をして「ガッハッハ！」と一緒に笑ってみたら、泣きそうになってしまった。なんだかとても嬉しくて。

それから六日後に、学校帰りにお師匠さんのオフィスに着くと、聞き覚えがある笑い声が聞こえてきた。「もしかして」と思って、スケジュールをチェックしたら莉子ちゃんの名前が書いてあった。

「おー！　今日だったんだ！」とどんな対応をしたらいいのか戸惑ってしまって、立ったり座ったり挙動不審状態になってしまう。最終的には、いつものように勉強をしながら電話番をするスタイルに落ち着いた。

カウンセリングの終了時間になりドアが開いて笑い声が中から響いてきて、莉子ちゃんが出てきた。「あ！　夏目だ！」といきなり呼び捨てにされる。

莉子ちゃんが「夏目ってすごいんだね！」と突然言い出す。「だって、あの催眠は夏目が書いたんでしょ！」と恐ろしいことを言う。

「お〜い！　お師匠様！　私のスクリプトをそのまま読んだのか〜い！　そして私が書いたことを明かしちゃったのか〜い！」と心の中で突っ込んでいた。

するとお母さんまで部屋から出てきて「夏目さんって本当にすごいんですね！　私なんて催眠なんて絶対にかからないと思っていたのに、夏目さんが書かれた催眠を先生に読んでいただいたらいつの間にか寝ちゃって内容を全く覚えていないんですよ！　ホッホッホ！」と明るく笑っている。

莉子ちゃんは有名私立学校の制服を着ていて「制服が似合っているね！」と恥ずかし紛れに言ってみた。

すると、莉子ちゃんは「夏目！　あんたには絶対に負けないからね！」と突然言うので「え？

なに？」と訳がわからない。お母さんが「莉子！　お姉さんを呼び捨てにしちゃいけません」と母親らしく嗜《たしな》めてくれた。莉子ちゃんは「夏目は夏目でいいんだよ！　だってライバルなんだから！」と言い出した。

「お〜い！　なんでライバルなんだ？」と思ったが、お師匠さんが「ガッハッハ！　夏目さんだったらあなたのいいライバルになりそうですね！」とすごいことをおっしゃった。「あれが不登校の親子なのか？」と思うぐらい二人は明るく笑って帰っていった。お師匠さんの催眠ってすごいな！と改めて感心させられる。

私の隣の席についたお師匠さんが「あ！　そう言えば莉子さんに『将来何になりたいですか？』と質問したんですよ」と言った。「ほう？　あの子は何になりたいのかな？」と私は一瞬真面目に考えてしまった。

そしたら、お師匠さんが真面目な顔をして「彼女はお母さんの前で真剣な顔をして夏目みたいになりたい！っておっしゃったんです」と言われて「ガ〜ン！」とショックを受ける。

お師匠さんに「こんなダメダメな子になってほしくないですけど」と心細さを感じながら伝えてみる。するとお師匠さんは「ガッハッハ！　夏目さんはやっぱり面白い！」と私の心細さを笑い飛ばしてくれる。私は何も成し遂げていないし私には何もないんです、と正直にお師匠さんに話してみる。

そしたらお師匠さんは「何もないから無意識が夏目さんと共にあるんです」と力強くおっしゃった。確かに、私があの催眠スクリプトを書いたんじゃなくて無意識さんが書いてくれた、と思ったら私の中が何故か温かく満たされていくような感覚になっていった。莉子ちゃんはあの歳でそれを見抜いていた。

「あの子ってすごいんですね！」とお師匠さんに言うと、お師匠さんは「これからが楽しみですね！」と遠くを見ながらおっしゃった。師匠はこれから起きる何かを知っているような表情をしていた。

第2章

図書館での催眠オファー？

日曜日の図書館はちょっと普段の図書館のイメージとは違う。

私みたいな受験生が静かで集中しやすい席を先に取ろうと朝から並んでいて、ピリピリした空気が流れている。本当はお師匠さんのオフィスの方が勉強しやすいのだが、友達はみんな塾に通って真剣に受験勉強をしているので「負けられない！」と思って日曜日だけ図書館に通うことにしていた。

今日は運良く窓際の席に陣取ることができて、早速、勉強に取り掛かる。周りの人たちが鉛筆かペンで何かを書き込む「カツ、カツ、カツ」という音が聞こえてくる。

以前は、一度問題を解いたのにも関わらず同じ問題を間違えることが嫌で、繰り返すことができなかった。それが、催眠のお師匠さんの催眠スクリプトを聞いてから「何度も同じ問題集をやるのが楽しい」となっていて、繰り返すたびに理解が深まっていた。

お師匠さんの催眠ってすごいな、と感心してしまう。

集中してしばらく時間が経った時に「ガタッ」という椅子を引く音が前から聞こえてきて、そして私の前の席に座った誰かの影が目に入ってきた。

前の席を見ると、三〇代位の女性が座っていて、私をじっと見ている。慌てて笑顔で会釈をする。相手は私を見ながら、小声で「あんた、催眠をやる子だよね」といきなり恐ろしいことを言ってきた。

「え⁉　なんで？　私いつの間にそんなに有名になったの？」と複雑な気持ちになるが、今は勉強に集中したかったので「すみません、勉強中なので」と質問の意味がよくわからないふりをして、問題集に戻ろうとした。でも、相手の視線が私に集中しているのが伝わってきて集中できなくなってしまう。

下からちょっとその女の人の格好を覗いてみると「うぁ！　手首にいっぱい切り傷がある！」以前、お師匠さんのところに通っていた「自分を傷つけるのがやめられない女性」のことが思い出された。

そして、恐る恐る顔を上げると、女性は「とぼけたって無駄だからね！　ほら！」と囁き声でスマホを取り出し、動画サイトをミュートで流し始めた。

それは相撲部が優勝した時に、相撲部連中が私を囲んで「いいよ！　いいよ！　催眠！」とアホな掛け声で騒いでいた時の動画で、相撲部のセリフがアニメーションで吹き出しになっていて「催眠！」とはっきり書いてあった。

私は心の中でこの動画を上げたあいつに向かって「亜美の奴め〜！」と呪いの言葉を吐いていた。そんな私を見て女性は「何よ、そんなに知られちゃまずいことなの」と私の弱みを握ることができたかもしれない、と悪い表情をする。

亜美のせいで、催眠のことなんてとっくの昔に学校の校長先生まで知られることになって、亜美の母親のＰＴＡ会長からは退学にさせられそうになったから、今知られてまずいことではない。むしろ、あなたのような怖い人が近づいてくることがまずいことなのよ！と言いたかったが、ここは図書館だからちゃんと反論ができない。

女性は「ねえ、黙っていてあげるから、私に催眠をかけてくれない？」と囁きながら交渉を持ちかけてきた。私は「はい？」と思わず声を大きくしてしまって、みんなからの視線を感じて縮こまる。

すると、女性が「ちょっと外に出る？」と出入口を指さす。私は、他の人に席を取られたら嫌なので、スマホと財布だけ持って、女性の後についていく。

外に出ると隣の公園から子どもたちが遊んでいる声が聞こえてくる。女性が「あの相撲部ってあなたが催眠をかけて優勝させたんでしょ？」と聞いてきた。「そんなわけありません！ 相撲部は練習をしていたから優勝できたんです！」と言ってみたが「あ〜、そう」と全く人の話を聞いていない。

「私さ、大切な人を傷つけちゃうんだよね」と女性は話し出した。

好きになった男性に対して、自分よりも他の人が好きなんじゃないか、と疑って相手に「前に付き合っていた人のことがまだ好きでしょ」と責めて、物を壊したり暴力を振るって警察沙汰になってしまう。相手は親切でいい人なのに、ちょっと親密になるとすぐに不安になって相手を傷つけずにはいられなくなってしまう。

そして、一人でいる時は落ち着かなくなって自分のことも傷つけて血が流れてくるのを眺めたくなる。その瞬間に「あ〜、生きている」と実感できて安心するような感じになる。「あ、あのたくさんあった切り傷はそれだったのね」と納得する。

女性は心療内科のクリニックにかかっていて薬も処方されているが、相手や自分を傷つけたくなる衝動はなかなか治らない。それで催眠に興味を持って調べていたら、あの動画を見て「あ！この子、見たことある！　近所の子じゃん！」と思って、図書館に入っていくあんたを見つけたから声をかけちゃったの、と笑いながら言う。

高校生の私じゃなくて催眠をやっているカウンセリングを探したらいいじゃないですか、と伝えてみると女性に「そんなところを知っているの？」と聞かれてドキッとする。

唯一、私が知っているのはお師匠さんのところだけど、この女性は男性を傷つけたくなってしまったり、警察沙汰って言っているから、教えることで、お師匠さんが大変な目にあったら申し訳ない、と思ってしまう。

私が怯《ひる》んだのを女性は見逃さず「誰にも迷惑をかけたくないからあなたにお願いしようと思ったの」と言ってくる。「受験が終わるまで待ってもらえませんか？」とダメ元で女性にお願いをしてみた。

すると「あなたの受験が終わるまで私が人や自分を傷つけ続けてもあなたの心は痛まないの？」と嫌なことを言ってくる。「そんなことは知りません！」と言いたかったけど、私の無意識は「そんなことを言っても無駄よ」と囁いてくる。

さらに「いいじゃない！　催眠にかけてあげれば」とアホな提案をしてくる。

私は心の中で「いや、絶対ダメでしょ！　この人に関わったら！」と無意識の提案を必死に否定する。

この前の中学生のスクリプトを書いて「自己犠牲をしたら相手がモンスターになる」と勉強したばかりだったから「これでこの人の要求をタダで受けたら私がこの人に自己犠牲をすることになるから、この人がモンスターになるでしょ」と無意識の提案を別の方向から否定してみた。

「だからと言ってお金を請求したら、問題になってしまう」と絶対にこれで私の無意識が折れてくれる、と思っていたら、「じゃあ！　催眠スクリプトを書いてあげて効果があったら欲しかった参考書と問題集を買ってもらうのはどう？」と無意識が恐ろしい提案をしてきた。

そんな時に女性が「ねえ！　どうなの？　催眠をかけてくれるの？」と聞いてくる。

私は「ふぅ～！」と息を吐き「条件があります！　催眠スクリプトを書いて読みますから、それで効果があった場合は私がリストを出す三冊の参考書を買ってきてください。もし効果がなかった場合はそれで諦めてください」と伝えた。

女性は「参考書？」とびっくりしていたが「いいわよ！　よく考えたわね！　催眠の効果があった場合に三冊の参考書をあなたのために買ってくるなんて」と嬉しそうに言ってくる。

「あんたは夏目って言うんでしょ！　私は今沢香織っていうんだ！　よろしくね！」と握手を求めてくる。「それで、夏目、何からしたらいいの？」といきなり友達の距離感。

私は今沢さんに催眠スクリプトの説明をする。物語の中に催眠が練り込んであって、それを聞くだけで無意識が働き不思議なことが起きる、という感じの説明。

その催眠スクリプトを作るためには、今沢さんの住んでいる家などの客観的情報を聞く必要がある、と話をする。今沢さんは「ふ〜ん、心療内科で受けているカウンセリングとは全然違うんだね」と感心している。

私は、図書館の前にある公園のベンチに今沢さんと座って、この前のお師匠さんのお使いの時のように、ここから今沢さんの家までの道のりと、その家の様子を聞き出しながら、スマホでメモをとっていく。

聞いていくと、ちょうど今、視界の左側に見えているバッティングセンターのグリーンのネットの横に白い円柱形の赤い屋根の建物があって、その隣が茶色いマンションで、そのマンションが今沢さんの住んでいる家だというのを話の中から突き止める。

外壁が茶色のマンションのエレベーターホールまでの階段が五段で、エレベーターホールの壁には灰色のフェルトが貼ってあって五階のボタンを押すことをイメージする。

そして、五階で降りて、コンクリートの外廊下を歩いて、左側に一つ目の茶色いドアが、そして二つ目のドア、三つ目のドアを開けると今沢さんの部屋。玄関に今沢さんの靴が六足出してあるのは左脇にある木製の下駄箱に入り切らないから。普段履いているベージュのパンプスや紺のスニーカー、黒のブーツなどが所狭しと並べてある。

彼氏に暴力を振るって警察沙汰になった時に、この靴はどうなったんだろう？とつい考えてしまう。

廊下から一つ一つの部屋をイメージの中で案内してもらって客観的な情報を集めていく。窓から見える景色や、ベランダに置いてある物。そして、部屋の壁の傷。両親が離婚をして中学一年生の時にこのマンションにお母さんと引っ越してきて、そして、四年前にお母さんが亡くなるまで一緒に住んでいたらしい。

でも、お母さんのものが見当たらない。お母さんのことを思い出すと苦しくなるから、二年前にお母さんのものは全部処分した、と今沢さんは話してくれた。

畳の部屋の床の間のところに、本当は処分したかった剣道の道具が一式置きっぱなしになっていて、その横には金色のトロフィーが飾ってあった。お母さんのものを処分してもそれだけは処分できなかった、ということは今沢さんの剣道とお母さんのつながりがあったのかもしれない、とメモをしながら想像していた。

図書館で出会った時は「図々しい危険な女性」というイメージだったけど、部屋の客観的な情報を聞き出していたら、印象が変わってきた。夜になると今沢さんが自分のことを傷つけずにはいられなくなる気持ちがわかるような気がする。

催眠のお師匠さんの講座を盗み聞きしている時に「客観的情報に無意識が宿る」っておっしゃっていたけど、今沢さんの部屋の客観的な情報を聞かせてもらっているうちに私は催眠状態になって、無意識の力で最初の印象とは違う別の今沢さんの姿が見えてきていたから「これがそういう意味なんだ！」ということがわかってくる。

部屋の情報を聞いているだけなのに、説明している今沢さんが涙を流し始め「夏目！　これも催眠なの？」と面白いことを聞いてくる。私はスマホでメモをとりながら「うん！　これも催眠！」と笑顔で今沢さんに返答をする。

今沢さんが中学生の時になぜ両親が離婚しなければならなかったのか、なんのために剣道を始めて、どうして辞めた剣道の道具をお母さんが亡くなった後でも手放すことができないのか？

普通だったら、母子家庭でお母さんは娘さんが成人するまで一生懸命に育てた、ということが美談になりそうだけど、部屋の客観的な情報を聞けば聞くほど、部屋からお母さんの今沢さんへの罵声が響いてくる。

これって私が母親からずっと罵声を浴びさせられ続けてきたからかな?と思ってしまう。私が勝手に今沢さんと自分を重ねているだけ? そんな時に「あなたのせいで私の人生が滅茶苦茶になった」という罵声が頭の中に浮かぶが「これって私が母親に言われたことだっけ?」と訳がわからなくなる。

そんなことを考えながら今沢さんの部屋の客観的な情報を集めていたら「剣道を続けていたのはお母さんに怒りをぶつけないようにするため」という言葉が浮かんできた。

怒りをぶつけたかったお母さんがいなくなってしまった今、付き合ったパートナーが「お母さんの代わり」になってしまうから、怒りをぶつけて相手を破壊してしまう、ということをしているのかな、と今沢さんから台所の説明を聞いている時に浮かんできた。

私も母からずっと「汚い子」とか「気持ち悪い子」と罵倒され続けてきたから、母に対する怒りがあるのかな?と自分の中を探ってみたけど、私の中には母に対する恐怖しかない。

私の恐怖とは、私が生まれてきたことで母が苦しむことになった罪悪感。私の兄が生まれる前に亡くなって、その悲しみから立ち上がれていないのに、私が生まれてきてしまったから、母が悲しみの中で私を育てることになった苦しみ。私の中でお母さんを苦しめている罪悪感がものすごいから、罵倒されても当然だとこれまで思ってきたのかもしれない。

でも、今沢さんは、お母さんに怒りを感じているということは、もっとすごいものをお母さんから背負わされた可能性がある。お母さんの人生がうまくいかなかったこと全てを今沢さんの責任にされて責め続けられてきたんだろうな、と思ったら心が抉《えぐ》られるような感覚になってきた。

メモをとり終わって顔を上げると、今沢さんがティッシュで涙を拭いながら「これで終わり？」と聞いてくる。私は「うん！」と答える。

「私はこれからどうしたらいいの？」と聞かれて、その意味がいろんな意味に取れて胸が苦しくなる。来週の今と同じ時間にこの場所で待ち合わせをして、催眠スクリプトを今沢さんに読み上げることを伝える。

「夏目！　ありがとうね！」と今沢さんは目を真っ赤にしたまま笑顔で手を振りながら公園を後にした。私は、図書館に置いてきた荷物がどうなっているのかというのが気になりながら慌てて図書館の席へと走っていった。夕方になると人が少なくなっていて、ポツポツと席に座っているのは真剣に勉強をしている受験生みたい。

「うわ～！　私も頑張らなきゃ！」と思うのだが、今沢さんの催眠スクリプトを書かなければ勉強に集中できない気がしていた。ルーズリーフを一枚取り出して、催眠スクリプトを書き始める。

ルーズリーフはあっという間に文字で埋まってしまい、二枚目に続きを書く。あっという間に時間が過ぎて、書き終わったら、夕食の時間はとっくに過ぎていて気づいた時にはお腹がものすごく空いていた。

急いで家まで帰って、玄関を開けたら「お姉ちゃん遅いよ！」と妹の恵里香の声が響いてくる。「え!?　まだ、みんな食事してなかったの？」とびっくりして妹に聞くと奥から「明日香が帰ってくるまで待っていたのよ！」と母の声が響いてきた。

以前だったら、家に帰ってきたら家全体の電気が消えていて、食事らしきものがテーブルに寂しく置いてあるだけで、自分でご飯を温めて侘《わび》しく食べることも多かった。今では食卓には電気がついていて、私の好きな肉多めの肉じゃがが大皿によそってあり、鯛の刺身が綺麗に盛り付けてあった。

「え？　なんかあったの？」と豪華な食事に感動して母に声をかける。すると母が嬉しそうに「閉店前のスーパーで、お刺身が半額セールだったのよ！」と自慢げに話をする。その美味しそうなお刺身には感動する。父が奥の部屋からやってきて「おう！　明日香！　図書館帰りか？」と聞いてくる。

「うん！　図書館で変な人に絡まれちゃって大変だった！」と本当は話を聞いて欲しかったが、父が「明日香、女子高生なんだから気をつけろよな！」とちゃんと話を聞いてくれそうもなかったので「そうだよね！」と父親の忠告を受け止めたふりをした。

恵里香がわかめの味噌汁をお椀によそって、私がご飯を茶碗に盛って並べていき、席に着いた時に「いただきます！」と父親が元気よく声をかけるとみんながそれに合わせる。「うわ～！

普通の家族みたい！」と思ったら今沢さんのことが思い出されてしまって、胸が苦しくなる。でも、お師匠さんの真似をして書いたスクリプトのことを思い出した瞬間に胸の重さがスーッと消えていった。

お椀を持って味噌汁をすすった時に、出汁と味噌の香りが口に広がり体全体に染み渡っていく。今日の出来事は私にとってものすごいストレスだったんだなと気が付かせてくれるぐらい、味噌汁が身体に染み渡り私を癒してくれる感覚があった。

肉じゃがでご飯を一杯食べ終わって、二杯目は鯛の刺身とわかめのお味噌汁でと決めていたので、席を立ってお釜を開けて大盛りのご飯をよそっていた。

「お姉ちゃん、そんなにご飯を食べると、この後眠くなって勉強ができなくなるんじゃない？」と恵里香が余計なことを言ってくる。

「ご飯をたくさん食べると眠くなる」という暗示をかけて私の足を引っ張るつもりだな！　やるな！　妹よ！　ここで「大丈夫だよ！」とか「食べたって眠くなるわけないじゃん！」などと暗示に対して否定するとその暗示が入りやすくなることはお師匠さんの催眠講座で勉強してきた。「私は催眠にかかりません」と言った受講者がいつの間にか静かになって、お師匠さんに簡単に催眠に入れられていた。

だから私は「あなたはいくら食べたって眠くならないからいいわよね」と暗示返しをする。すると恵里香は「お姉ちゃんはずるい！」と面白い返しをしてくる。「あれ？　恵里香は暗示のことがわかっているの？」と疑ってみたが「まさかね！」と打ち消す。

食事が終わると、母が「あんたたちは他にやることがあるんでしょ」と食器洗いを引き受けてくれる。素直に「ありがとう」と感謝して部屋に入ってカバンから問題集を取り出して勉強を再開する。催眠スクリプトを書いたせいか、頭がすっきりしていていつもより問題集に集中できる。

気がついたら寝る時間になっていたので、支度をして布団に入る。布団に入った途端に、今沢さんのことが出てくると思っていたら、図書館で今沢さんのために書いたスクリプトの中の登場人物が出てきて楽しくなって、いつの間にか深い眠りへと落ちてしまっていた。


朝、すっきり目が覚めていつも通り電車の中では、学校の予習を何も考えずに始めている。予習を一通り終えた時、亜美がいつものように同じ車両に乗ってきて「おっはよう！」と能天気に挨拶をしてくる。

「亜美！　あんたのせいで私は大変な目にあったんだから！」と図書館であったことをぶつける。

「ごめ〜ん！」と両手を顔の前で合わせるのを見て、私は余計にムカついてしまう。「本当にヤバい人だったんだから！　手にいっぱい傷があってさ！」と言えば言うほど怒りが湧いてくる。

「ごめん！　ごめん！　いま、すぐに画像をちゃんと加工しておくから！」と亜美はスマホを取り出して、アプリを立ち上げて私の顔をひまわりの花に変えた。

「これで大丈夫でしょ！」と言うが「もう遅いよ！」と私は文句タラタラである。途中で沙知が合流しても怒りが収まらなかったので「ねえ！　沙知！　聞いて！」と文句が始まってしまった。

以前の沙知だったら「亜美！　あんた何考えてるの！　ばっかじゃない！」と一緒に怒ってくれたのだが、私の催眠のスクリプトで勉強ができるようになった沙知は一味違った。「夏目！　その危ない人を助けるつもりじゃないでしょうね！」とドキッとすることを言う。

今沢さんを助けようと思ってはいないけど、催眠スクリプトを書いて効果があったら、参考書を三冊もらう条件で引き受けたことを伝えると、「夏目！　人がいいんだから！　もっと自分を大切にしなきゃダメだよ！」と言われてしまう。

それを聞いていた亜美が「そうだよ！　夏目！　あんたは人がいいんだから！」と声にしたら、沙知がすかさず「亜美のせいなんだからあんたは黙ってな！」とピシャリと言った。「もっと自分を大切にしなきゃ！」と沙知が言うのは説得力があった。

私の催眠のスクリプトで沙知が変わる前は、誘いを絶対に断らないいい人キャラだったのに。いつの間にか、沙知は、自分のことを大切にするようになって、自分がやりたいことを優先するようになってどんどん成績が伸びていった。

私も沙知に負けたくない、と思っているけど、自分のことよりも他人を優先させるところがどうしても出てしまって、自分のことを大切にできていない。沙知の言う通りである。「ちょっと待って、私、自分を大切にするってことがわからないかもしれない」と心の中で沙知に話しかけていて、なんだか宇宙空間に投げ出された感覚になった。「自分を大切にするってどういうこと？」と私にはその感覚が全くわからない。

私は常に周りの人の気持ちばかり考えて、自分のことを大切にすることができていないのかも？と自分の中が空っぽな感じがして怖くなってきた。

そんな時に学生のかたわら女優業もやっている由衣が合流して、お淑やかな声で「おはよう！」と声をかけてきた。

鋭い由衣は「夏目、なんだか元気がないじゃん！」と聞いてくる。私は由衣に「沙知から私、自分を大切にしなきゃダメだよって言われてちょっと落ち込んでいる」と伝えた。お淑やかな由衣からは「大丈夫だよ！　夏目は！」という答えが返ってくると期待していたが、由衣は突然、真面目な顔になって「それは私も思う！　もっと自分のことを大切にしなきゃダメだよ！」と言われて「え～⁉」と思わず叫んでしまう。

なぜなら、去年の由衣はチャラ男の拓海に振り回されていて、自分のことをちっとも大切にしているように見えなかったから。

そんな由衣から「私も前は、自分を大切にする意味がわからなかったけど、夏目がそれを教えてくれたんじゃない」と言われて私はショックを受ける。確かに最近はすっかり変わってしまった。アホな男に振り回されている由衣を放っておけなかったのを思い出して、あれ？　私ってあの時の由衣と同じ？と思ったら怖くなってきた。

「うわ〜！　由衣に言われたらものすごく怖くなってきた！　自分を大切にします！」と深々と頭を下げたら「何よ！　それ〜！」と由衣が笑いながら私のことを軽く押す。そして、二人で抱き合って「アハハ！」と笑い合う。

それを見ていたこの事件の原因を作った亜美が「青春だな〜！」と私たちを眺めて呟く。亜美は「夏目！　ごめん！　私が日曜日に一緒に図書館に行こうか？」と言ってくれる。

すると沙知が「あんたが行ったら余計に話がややこしくなるから私が行くよ！」と肩を組んでくれた。由衣も「私もなんだかわからないけど一緒に行って夏目のことを守ってあげる！」と言い出した。

「みんなありがとう！」と言いながら心の中では「これが人から大切にされる、という感覚なんだ」と涙があふれてきそうになる。

みんなで楽しく話をしていたら、いつの間にか教室に辿り着いていた。そして、自分の席に着いた途端に沙知も亜美も参考書を取り出していきなり勉強を始める。斜め後ろに座っている由衣は付箋だらけの台本を開いて真剣に読んでいる。

私はさっきまで笑いながら歩いてきた三人を見て「これが自分を大切にするってことなんだ！」となんだかわかった気持ちになった。

由衣はチャラ男の拓海に振り回されていた時はぼーっとして何かに集中する、ということができなくなっていた。由衣は、ものすごい美人なんだけど、その時はまるで中身が空っぽなような感じがしていた。

でも、今は人に振り回されずに真剣に由衣がやりたいことに取り組んでいて、美しさがさらに増している。

家のことをずっと心配していて勉強ができなかった沙知も、いつの間にか家族の心配から解放されて、勉強に集中できるようになって自分のことを大切にしている。私と同じように勉強ができなかった沙知が、自分を大切にするようになってどんどん知的に磨かれていき、今ではクラスでトップだった亜美を抜いてしまった。

亜美は以前から自分のことが大好きで大切にしているんだろうな、と思っていたけど、それに磨きがかかったみたい。

確かにみんな自分を大切にできるようになっている。そんな三人から優しい言葉をかけてもらって「自分を大切にしなきゃ」と思ったけど、もしかして私は誰かに大切に扱ってほしいからわざと自分のことを無碍に扱って甘えているのかも、と気がついてしまった。

自分を大切にしていなければ、誰かが私のことをかわいそうに思って大切にしてくれるかも、という甘えがどこかにあったのかも。家ではそんな甘い体験をしたことはないのに。自分を大切にしないで、髪がボサボサのまま、ボロボロの服を着ていたら「気持ち悪い」と母親から冷たく言われていた。

でも、催眠のお師匠さんのところで「催眠を学びたい」と自分のしたいことをしていたら、いつの間にか母はちゃんと私にご飯を作ってくれるようになって、父も優しい言葉をかけてくれるようになった。

あ！　催眠を勉強したい、って自分を大切にすることだったんだな、と気づくことができた。

催眠を勉強し始めるきっかけは「苦しんでいる人を助けたい」だったけど、お師匠さんの催眠でいつの間にか私も勉強するようになって「催眠を極めたい」と思い、心理学を学ぶために大学受験の勉強をするようになっていた。あー！　いつの間にか私って自分のことを大切にできるようになっていたんだ。

そんなことを考えていたら、いつの間にか問題集に没頭していた。

あっという間に午前の授業が終わって昼休みになった。「夏目！　体育館に行くぞ！」と青木から誘われて「ＯＫ！」とつい言ってしまう。

沙知と亜美は自分の机で勉強をしているのに、私は大丈夫なの？と一瞬不安になったが「私は自分を大切にしている！」と思ってみたら「運動とかっこいい男子でストレス解消！」とすぐに勉強をしない言い訳が出てくるから面白い。

学校が終わって、みんなと駅まで喋りながら歩いて、電車に乗ると授業の復習をして、予習まで始めていた。そして、お師匠さんのオフィスに着いたらすぐに問題集を広げて繰り返し問題を解いている。

前の私だったらちょっとでも問題集の解答を間違えたら、続けるのが嫌になってしまって一冊の問題集の最初の数ページしかできずに無駄にしてしまっていた。

今では、解答を間違えても何度も繰り返し同じ問題集を最後まで終わらせられるようになって、問題集がボロボロになるまで繰り返し使い込んでいる。

その時、お師匠さんの面接室のドアが開いた。「お疲れ様でした」というお師匠さんの優しい声が響いてきて、私は慌てて立ち上がって「お疲れ様でした！」とお師匠さんとクライアントさんに頭を下げる。

お師匠さんは受付の私の隣の席に座ってクライアントさんの会計を済ませ、次回の予約を確認していた。

クライアントさんが帰っていくと、お師匠さんがいきなり私に「さあ、夏目さん、何がありました？」と聞いてこられて「なに？　私、そんな困った顔をしていた？」と自分の顔を鏡でチェックしたい衝動に駆られる。

催眠のテクニックで相手の呼吸に合わせるという呼吸合わせの練習を電車の中で知らないおじさんにした時に「呼吸合わせをした相手の感覚が伝わってくる！」と急に苦しくなって不安になったことを思い出した。

お師匠さんは部屋から出てきて、一瞬で私の呼吸に合わせて、心の奥にある不安を読み取った？とびっくりしてしまう。

こうなったら隠してもしょうがないので、包み隠さず話をすることにした。お師匠さんから「あなたは危険なことをしてしまいましたね！」とか「催眠を乱用してはいけません！」とお叱りを受ける覚悟で図書館での出来事を正直に話した。

お師匠さんは私を叱るどころかニコニコしながら「夏目さんは面白いですね」と、私の頭に手を置いてポンポンと優しく叩く。優しい手の温もりと振動が心地よく響いて、涙が出そうになってしまう。

お師匠さんは優しく「夏目さんがその女性に書いたスクリプトを読んでみたくなりましたね」とおっしゃる。私は慌ててカバンに入っているクリアファイルの中から図書館で書いたルーズリーフの紙を取り出して「どうぞ！」と頭を下げながら渡す。

お師匠さんは、用紙をメガネに近づけ眼鏡を上げたり下げたりして私の書いた催眠スクリプトを読んでいる。読みながら、お師匠さんはまるで催眠にかかったようにうとうとした感じになって、動きが止まり、そして、また再びスクリプトに集中する。

最後のページに辿り着いて、お師匠さんは「ふぅ〜！」と肺の中から息を静かに吐き出すと「すごいですね、夏目さんは」と私の目を見ながら真剣な顔でおっしゃる。私が「はい？」とアホ顔になってしまったのは、あまりにも予想外の答えがお師匠さんの口から出てきたから。

そして、お師匠さんは「夏目さんは、お父さんから今沢さんへの虐待が原因でお母さんが離婚を決意された、と考えられたんですね？」と言われてドキッとする。

そんなことは一言も物語の中には出てこないし、今沢さんとのやりとりを説明した時も全く出てこなくて「私だけが思っていること」だったのに、お師匠さんは私が考えていたことを物語から見事に当ててしまった。

お師匠さんは、今沢さんのお母さんが離婚してマンションに引っ越した後に「あなたのために離婚をして、あなたを育てるために私は苦労している」という姿を見せることで、今沢さんは疲れてぼーっとしている時など「お母さんを苦しめている」という罪悪感の苦しみから自分を傷つける、ということを繰り返している。そのことに夏目さんはスクリプトを書きながら気がつかれたんですね、と説明された時に「お師匠さん怖い！」と思ってしまう。

私の場合は「私のせいでお母さんが苦しんでいる」という苦しみを感じているなんてずっと自覚することができなかった。でも、お師匠さんの催眠スクリプトを聞いてしばらくしたら「お兄ちゃんを亡くしたお母さんの悲しみと苦しみを私が背負っていた」ということに気がついてしまった。

今沢さんの場合は「自分の体や大切にしてくれる人を傷つける」ということで自分を罰していたけど、私の場合は「自分を大切にしない」ということで母を苦しませる自分に罰を与えていた。だから、勉強や部屋の片付けができなくて、惨めな気持ちになっていたけど、それが母に苦しみを与えていた自分への罰だとは気づかなかった。

自分を大切にすることができるようになってきて初めて「私がこれまで勉強や片付けができなかったのは自分を罰していたからなんだ！」ということに気づくことができた。

今沢さんの場合は、お母さんが亡くなってしまっているので、普通だったら「お母さんに対する罪悪感から解放される」と思うのだけど、お父さんからの虐待が心の傷になっている可能性があるから、いつまでも罪悪感から解放されずに自分を罰し続ける、ということになっているのかも、と思っていた。

お師匠さんは私が書いた催眠スクリプトを何度も読み直して、そして「夏目さんは本当に面白い」と優しくおっしゃる。

さらに「このスクリプトのコピーをいただいてよろしいでしょうか」と私に丁寧に聞いた。お師匠さんは、奥でコピーをとって私に原本をにこやかに渡す。

私は心の中で「え？　なんにも注意とかしないの？」と驚く。

だって、今沢さんは腕が傷だらけで警察に何度もお世話になっている人で世間で言ったら「危ない人」のジャンルに入っている。その人にこの催眠スクリプトを外で読み上げなければいけないことになったことは説明したけど、なんにも注意とか必要ないの？と驚いてしまう。

でも、お師匠さんは、何も言わずに原稿をそのまま返して「うん、夏目さんなら大丈夫」と優しくおっしゃった。その一言を聞いて私の胸が温かくなり、いろんな不安が一気に吹き飛んでしまって、目の前にある勉強に集中できる気がしてきた。

あれ？　そういえば、私が受験勉強をしているのをお師匠さんは見ているのに「どこの学校を受けるの？」とか一切聞いてこないな。

多分、お師匠さんは、催眠で全部お見通しなんだろうな、催眠って面白いな、とますます大学に行ってお師匠さんが見ている世界を知りたくなった。心理学の勉強がしたい！

お師匠さんから返してもらった催眠スクリプトはクリアファイルに入れて自分の机の引き出しにしまって、日曜日の朝まで手に取ることはなかった。学校に行った時に沙知たちは、何も心配していないふりをして、日曜日のことが私にとってプレッシャーにならないように気遣いをしてくれた。

そして、日曜日の朝。「うわ！　図書館に行かなきゃ！」と布団の中から悪夢を見て起きてしまったような感じで飛び出す。

当日の朝になって妙な緊張感が襲ってくる。

私は、いつの間にか相撲部の連中が動画の中で試合に勝って騒いでいたように「催眠！　催眠！」と掛け声のようなものを自分にかけていた。すると不思議と焦りはなくなって、図書館に向かう準備を済ませる。昔だったら絶対に起きていない母が起きていて「明日香！　あまり無理をしちゃダメよ！」と言ってくれる。

その言葉を私はいろんな意味で受け取ってジーンときてしまい、母の顔を改めて見ることができなくなる。背中を向けて「大丈夫！　大丈夫！」と後ろにいる母に手を振って玄関を飛び出した。

図書館までの道のりを「催眠！　催眠！」とアホみたいな掛け声を自分にかけて歩いていると、「ちょっと勉強が楽しみかも」となってくるから不思議。

別に掛け声が私を催眠状態にしてくれるわけじゃないと思うけど、お師匠さんの催眠が掛け声によって思い出されて、無意識の力が使えるようになっている気がする。でも、図書館に近づくにつれてドキドキしてくる。

図書館に着くと、今沢さんが玄関で待っている！　並んでいる列の先頭に今沢さんがいて「夏目ちゃん！　待っていたから！」と手を振ってくる。「もう来ていたんですか？」と今沢さんに近づいて「私は横入りをしているんじゃありませんよ！」というアピールを列の後ろの人にする。

今沢さんは「夏目ちゃんの勉強の邪魔をしたくないから、早い時間に終わらせちゃった方が後で集中できるでしょ！」と私に応える。開館時間になって、玄関が開いた途端に今沢さんが「あそこの席を取っておくからね！」と図書館の中に消えた。

私は列の一番後ろに並び、図書館に入って、先週のあの場所を目指した。すると、今沢さんが雑誌をその席で読んでいて、私を見つけて無言で手を振っている。私も今沢さんに近づき、座って参考書を並べる。並べ終わったら今沢さんが「じゃあ行こうか！」と言う。「いきなりですか！」と私は心の中で叫んでいる。

私はカバンの中にしまっていたクリアファイルを手に取ると、今沢さんが私の後に続く。「ふ〜ん、それが催眠スクリプトなんだ！　見せて！」と今沢さんが取り上げようとしたので、私は慌てて「ダメ！」と無言で両腕でバッテンマークを作る。「ケチ！」と小声で呟く今沢さんはちょっと可愛らしかった。

外に出て図書館の前にある公園の池に向かって歩いて行く。そして、池のほとりのベンチに座って、私はちょっとだけ今沢さんが見えるように斜めに座る。まだ、朝早い時間なので子どもたちの声は少なく、比較的静かだった。

びっくりしたのは、今沢さんが思ったより緊張していて、黙ってしまったこと。そうだよね！催眠って何なんだか知らないから「どんなことをされるんだろう？」と緊張するよね、と心の中で呟いた。

私は「今沢さんには、今、目の前にある池が見えていますよね」と声をかける。今沢さんは、緊張している中で声をかけてもらったのが嬉しかったのか「うん！」と元気よくうなずいた。

「そうしていると、子どもたちの声が聞こえてきますよね」と伝えると「うん」とうなずく。遠くで子どもたちが遊んでいる声が聞こえていた。「するとベンチの感触を確かめることができます」と言った時に、コンクリートのベンチの硬さがお尻から伝わってきた。

そんな時に、ある女の子のことが思い出されていたんです。その子は、泥だらけになって遊ぶのが大好きな子で、水溜りの泥にバシャバシャって水を跳ねさせて、そして、足で水溜りのあの感触を確かめます。

すると、水溜りの下にある土が水と混ざってドロドロしたものに変わっていきます。

ドロドロしたものになると、パシャパシャとした音じゃなくてびちゃびちゃとした音に変わっていきます。

そして、履いていた黄色い長靴から、水とは違った柔らかい感触が感じられるようになるんです。最初、透明だった水溜りも「バシャ、バシャ」と何度も長靴で足踏みをしていると、どんどん透明だったあの水の色が変わっていき、やがて長靴が脱げてしまうぐらいの柔らかさになります。

その泥を踏んだ時の「ムニュッ」とした感触が女の子は好きで、雨が降って水溜りができると、そこで足踏みをして泥を作り出して泥遊びをしたくなります。手で泥を叩いてみると「ピチャッ」と音を立てて泥が跳ねて洋服に飛んで点々の模様を作り出します。

さらにその小さな手で触って柔らかい感触を楽しんでいたのですが、手を泥から出してしばらくお日様に照らしていると、泥は茶色から灰色に変わっていき、やがて手からパリパリと剥がれ落ちていってしまう。その子は「キャッキャ」と叫びながら、長靴でバシャバシャと水を踏みながら泥を作って、そして手で触ってその泥が変わって行く様が不思議で楽しかったのかも。

泥だらけになって帰ると女の子は「きれいに洗いなさい」と言われます。「楽しく遊んで帰ってきた証拠なんだから、どうして泥だらけのままでいたらいけないのかな?」

と女の子は疑問に思います。

大人たちは「ほら、帰ってきて汚れをお湯で流してきれいになった方が気持ちがいいでしょ！」と言うのですが、その子には「きれいになった方が気持ちがいい」という感覚がわかりません。

なぜなら、ズブズブとした泥の生温かぃあの感触の方が気持ちがいい、と思っていたから。女の子は、湖のほとりに座っている賢い人のところに行って、ちょこんとその人の横に座ります。そして、賢い人に向かって「どうして泥だらけになって家に帰ったら洗い流さなきゃいけないのかな？」と呟きます。

その賢い人は女の子のその呟きを聞いたからなのか「みんなが食べているお米ってどうやって育っているか知っているかい？」と女の子に質問をします。女の子はキョトンとして「知らない」と賢い人に首を小さく振りながら伝えます。

おうちで炊く白いご飯はね、泥水の中で育っているんだよ、と賢い人が女の子に伝えると、女の子は目をまんまるくして「そうなの？」と聞き返します。

賢い人は、泥があると水が地面に吸い込まれて消えるのが難しくなって、お米に必要な水がいつまでも稲を潤してくれるんだ、とお話ししてくれます。泥水に植えられたお米の苗が、泥に守られた豊かな水の中で育っていく。

そして、風が吹くと緑の稲は「サー」と小さな音を立てて揺れるけど泥水にしっかりと植えられているから、泥の下にぐんぐんと根を伸ばすことができる。

そして、緑のお米の苗は泥に植えられて水をぐんぐん吸って大きくなっていくんだ。泥の中で周りの稲たちと一緒に大きくなっていき、風が吹くとみんなと一緒に「ザー」と大きな音を立てるようになる。

そして、一つの苗が泥水を吸いながらどんどん成長して、やがて花を咲かせ、一つの穂から百粒のお米を実らせる。たくさんのお米の粒を実らせた稲は、どんどん頭を下げて行く。

実らせれば実らせるほど頭を下げたくなるんだよ。そんな時に、稲に泥水とお別れする時が来るんだ。泥水とお別れすることで、たくさんできたお米が稲穂の中で熟成して行くから。泥水とお別れした稲が風に吹かれると、周りのみんなと一緒になって「サー」っと心地よい大きな乾いた音を立ててお米の収穫の時期であることを教えてくれるんだ。

女の子はお茶碗によそった白いご飯が頭に浮かんでいた。白くて一粒一粒がふっくらしてツヤツヤしているあんなにきれいなものが泥水の中で育っているって。お箸で一粒ずつ掴むことができなくて、何粒もの塊を箸で掴んでお口の中に入れて、そのお米の味をいつもは味わっているのかな？と女の子は賢い人の横で話を聞きながら考えていた。

ご飯の味って、と女の子が思い出そうとしていたら、いつもおかずのことばかり考えているけど、ご飯の味って、おかずによってその美味しさが変わっていることに気がつく。賢い人の隣に座って、賢い人のお話を聞いていたから、おかずによってご飯の味が変わることに気がつけたのかな？と女の子はちょっと嬉しくなる。

賢い人は、そんな女の子の気持ちがわかったからなのか「もしかして、泥水で育った方が賢く美しく成長していけるのかもしれないね」と女の子に優しく伝える。

サーッと心地よい風が吹いたので、女の子は「どこから風が吹いているのかな？」と空を眺める。風が吹く方向からゆっくりと雲が形を変えながら流れてくる。

女の子は賢い人の横に座って、青空に浮かぶ雲を眺めながら「あれは羊みたい」と指をさして賢い人に伝えていた。

でも、雲はすぐに形を変えて羊だと思っていたものが形が崩れて、違うものに見えてくる。周りから車の走る音が聞こえてくると、青い空に浮かぶ白い雲も車の形に見えてくる。

「あの雲は大きな鯨みたい」と指をさすと、その雲は時と共にゆっくりと形を変えて人の顔のように見えてくる。賢い人がいつも私の横にいてくれていると思っていたら、いつの間にか私の横には大きな岩があって、そこに寄りかかりながら空を眺めている。大きな岩の冷たい感触が伝わってくる時に、私の中にある心地よい感覚を感じていきます。

幼い頃は、あの柔らかい感触が大好きだったのに、いつの間にか岩から伝わってくる心地よい感覚が、あの賢い人の横に座ってなんでも話をしていた時のことを思い出させてくれるんです。

岩に話しかけても、大きな岩は私のどんな話でも聞いてくれて、優しくありのままの自分を受け止めてくれる。どんな話でも吸収してくれて私の心を乾かしてくれる。

岩が私の心を乾かしてくれた時に、小さな私が泥遊びをしていて、泥が乾いてパリパリと私の手から剥がれ落ち私の小さなきれいな手が出てきて嬉しくなった時のことを思い出すんです。

きれいな水で泥だらけの手を洗ってもあの小さな手はきれいになるけど、大きな岩に乾かされた手も一つ一つの破片が剥がれ落ちて、やがて、小さな砂つぶとなって私の手に残り、それも心地よい風が吹くときれいに私の手から離れていってしまう。すると私は私の小さなきれいな手を心の中で確かめることができるんです。そして、その小さな心の手であの青い空に浮かぶ、いろんな形を変える雲を掴み取ろうとしているのかもしれません。

「ひとーつ、爽やかな空気が頭に流れてきます！」と隣で眠っている今沢さんの呼吸に合わせて催眠の覚醒の合図をかける。

「ふた～つ！　頭がだんだんと軽～くなっていきます！」とさっきよりも大きめの声をかけると今沢さんが目を閉じながら深呼吸を始めた。

「三つで、大きく深呼吸をして！　頭がすっきり目覚めます！」と言うと今沢さんが「あ～！よく寝た！」と背伸びをして大きくあくびをした。

「夏目ちゃん！　私には催眠は合ってなかったかもだよ！」と今沢さんは私を憐れむように言う。だってすぐ寝ちゃったから。私は泥遊びなんてしたことがなかったし、全然心当たりのない話だったから退屈で寝ちゃったんだと思うよ、だって途中から話なんて何にも覚えてないんだから、と残念そうな表情で言う。

「まあ、高校生の夏目ちゃんに期待するなんて私もどうかしていたよ！　でも、なんか長々と書いてくれてありがとうね！」と今沢さんが時計を確認すると催眠スクリプトを読み始めてから四〇分が経っていて「あれ！　こんなに時間経っていたんだ！　悪い」と今沢さんはその場から去って行った。

公園のベンチに座って「ふぅ～」とため息を漏らすと、周りにいる人たちの声が耳に響いてくる。「催眠が合っていなかった」と言われたのはショックだった。

まあ、効果がない、ということだったら二度と私に絡んでこないと思うし、これでよかった、と思って図書館へと歩いて行く。どうしてお師匠さんはあの物語で今沢さんのあのことがわかったんだろう？と今更ながら不思議になっていた。


それから二週間が経って、図書館で勉強をしていると突然、解いている問題集に影がかかる。目を上げるとそこには今沢さんが立っていた。

心の中では「ゲッ！　また登場した！」と叫んでいたが、図書館なので声を出さずに、できるだけ笑顔を作って今沢さんに「こんにちは」とあいさつをする。

今沢さんは小さな声で「夏目ちゃん！　これ、約束のもの」と私に本屋の袋に入った何かを渡してくれる。びっくりして、袋の中身を探ってみると「あ！　私が欲しかった参考書が三冊も！」と嬉しくなるが、同時に怖くなる。私は小さな声で「今沢さん、これは受け取れないよ！　だって私何もできなかったから！」と伝える。

すると今沢さんは「またまた！　夏目ちゃん、とぼけたってちゃんと催眠は効いていたんだから！」とちょっと大きめの声で喋ったので、私は周りの目が気になって焦る。

「あれから私は大変だったんだから！」と今沢さんは言って「悪いんだけど、私のクリニックの主治医があんたに会いたい、って言っていたから連絡してもらっていい？」と言われて主治医の名刺を渡された。

「え!?」と私は混乱したままだったりど、今沢さんは「じゃあ！　勉強の邪魔になるから私行くね！」と何も説明しないまま去ってしまった。

その後ろ姿はなんだか輝いていて、キラキラして見えた。「私は、クリニックのお医者さんが私に会いたいってどういうことなんだろう？」と期待と不安が入り混じった複雑な気持ちになっていた。

高校生の私が読んだ催眠スクリプトで今沢さんが変わったことで「ぜひ、私のクリニックに大学を卒業したら就職してほしい。だから進学先に推薦状を書いてあげるよ！」となったら、大変な受験勉強をしなくても済むのかもしれない、と期待しちゃう。

でも、私が「いいことが起きるかもしれない！」と期待した時は、必ず最悪な結果になることは知っていた。

まずいことになりそうな予感がして、今沢さんが渡してくれた参考書も開く気持ちになれず、渡された名刺の裏を見たら「日曜日の夜でも可」と先生からの直筆のメモが書いてあった。「本気で私と会う気なんだ」とさらに気持ちが重くなってしまった。

時計を見たら五時であと一時間は勉強を続けられるはずなのだが、このままだとクリニックのお医者さんのことを考えてしまって勉強に集中できない、と思ってとりあえず持ってきたものを全部カバンに入れて、最後に今沢さんから渡された三冊の参考書は本屋の袋のまま持って図書館を出ることにした。

そして、図書館を出たらすぐにクリニックの医者のメモに書いてあった携帯に電話をすると「はい、クリニックの玉城ですけど」と先生が出た。

私が自分の名前を名乗った途端に「夏目さんですね、今からいらっしゃれますか?」と言われて「はい」と答えてしまった。

電話を切ってから、胃の重さを感じながらスマホでクリニックの住所を入力すると、すぐに「ここから八分です」と表示が出て案内が始まる。「場所がわからないんで玉城先生のところまで辿り着けませんでした!」というオプションはこれで消えてしまった。

スマホから「ポン! 次の信号を左です」と言われるたびに気持ちがズンと重くなってくる。「もしかしたらスカウトされるかも!」と楽観的に考えようとするが、「私が調子に乗っている時は必ず悪いことが起きる」ということが浮かんできて、さらに気が重くなる。そんな時にクリニックの看板が見えてきた。

「あ〜、あそこに行くのね」とさらに気分が重くなる。それでも思い切って二階への階段を登っていった。

クリニックのドアを恐る恐る開けると「あなたが夏目さんですか、よく来てくださいました」と白衣を着たちょっと丸っこいおじさんの先生が立っていた。「なんだ！　フレンドリーじゃん！」と胸を撫で下ろす。

そして「さあ、こちらへどうぞ！」と部屋に案内されて、先生が多分いつも診察している机に座って、私には患者さんが座る椅子に座らせられた途端に先生の顔が怒りに変わった。

そして「あなた！　なんていうことをしてくれたんだ！」といきなり怒鳴りつけられた。私の顔から血の気がひいていくのが感じられる。

うわ〜！　やっぱり私の嫌な予感は的中だ！　スカウトされるなんて甘いことを考えていた自分を引っ叩いてやりたくなった。

玉城先生はこれまで診察を続けてきて症状が安定していた今沢さんが、突然父親からの虐待の記憶が出てきたと言いだしてびっくりして、そのきっかけを聞いたら図書館で高校生からかけられた催眠だった。

「私の診察の時はそんな話は一切出てこなかったのに、あなたが催眠の真似事で間違った記憶を植え付けた」と怒鳴り声をあげてプルプル震えていた。私は両親からずっとこんな調子で怒られてきたので、真っ青になったまま固まってしまう。涙も出そうになって、全身に力を入れて堪える。

玉城先生は「あなた！　やっていいことと悪いことがあるんだよ！　これまで本人の口から一言も出てこなかった虐待の記憶を訳のわからない催眠を使って植え付けるのは犯罪行為だよ！　だって無実の人を罪に陥れちゃうんだから！」と責め立てる。

何も言えなくなっている私を見て玉城先生は「あんた！　全然反省していないみたいだね！　これから受験して大学で心理学を勉強するんだって！　あんたの受験する大学に私から手紙を書いて落としてもらうから！　だってあなたのような人が心理学を勉強したらもっと危ない犯罪行為をするからね！」とショックなことを言われて頭が真っ白になった。

「これまでやってきた受験勉強が全部無駄になる」と最近、勉強を応援してくれるようになった父や母に申し訳ない、という気持ちが湧いてきたら涙が出てきた。

そして、催眠のお師匠さんにも申し訳なくて、涙が止まらなくなってしまう。玉城先生は「泣いて誤魔化したってダメなんだよ！　そうやって泣けばなんでも終わらせてもらえる、と思っているでしょ！　私は心の専門家だよ！　あんたみたいな人のことなんてすぐにわかるんだからな！」と私を怒鳴りつける。

そして「あんたが心理業界で働けないようにしてやるからな！　覚悟しておけよ！」と言われて、ますます涙が止まらなくなり、手まで震えてきて「ごめんなさい」と思わず言葉に出してしまった。「ごめんなさいじゃないだろ！　ちゃんと自分のやった犯罪行為を私に包み隠さず伝えなきゃダメだろ！」という声がするが、涙で先生の表情を確認することができない。

沙知たちに「あなたはもっと自分のことを大切にしなきゃ」と言われた言葉が染みてくる。でも、私は今沢さんを助けようとしてやったわけではなくて、催眠のお師匠さんや家族に迷惑をかけないように、と思って引き受けたのに。

「みんなに迷惑をかけないように」と自分だけで対処しようとすることが、自分を大切にしていないってことか、とちょっと納得してしまった。

そんなことを考えていたら「うぁ～、学校で催眠が問題になってＰＴＡから退学にさせられそうになった時のきっかけも亜美だったけど、今回もまたあの子が上げた動画がきっかけじゃん！」と怒りが湧いてきた。

すると涙がちょっと止まって玉城先生の顔を見ることができた。そして「すみませんでした」ともう一度先生に謝る。すると「私に謝ったってどうしょうもないんだよ！　今沢さんとその家族に申し訳ないと思わないのか！」と怒鳴りつけられる。「すみません」と私は力無く答える。

「あんた、それしか言えないの？　何を偉そうに私の大切な患者さんに催眠とかやってるの？　こっちはおままごとをやってるんじゃないだから」と冷たく言い放つ。「私はあなたが今沢さんにどんな暗示を入れたかを知りたいだけで、今沢さんのお父さんが無実であることを証明したいだけなんだよ」と言われる。私はカバンの中に今沢さんに読んだスクリプトがまだ入っていることを願って慌ててカバンの中を探す。

催眠スクリプトを発見して胸を撫で下ろす。催眠を知らないこの先生に何を説明してもダメな気がしたから、催眠スクリプトをそのまま渡すしかない、と思った。

私は恐る恐る「今沢さんに催眠を頼まれて書いた催眠スクリプトはこれです！　これを今沢さんに読んだだけです」と震えながら玉城先生に渡す。

玉城先生は「なんなんだよ！　これは！」と読み始めた。「ただの幼稚な物語じゃないか！これがなんだっていうんだ！」と怒っている様子だったが、ちょっとトーンダウンしていた。

「私は今沢さんにこの催眠スクリプトを作って、読み上げただけで、これ以外は何もお話をしていません」と伝える。

玉城先生は物語を読み進めながら「こんなの催眠でもなんでもないじゃないか！」とちょっと戸惑いながら言う。そんな玉城先生を見ながら「催眠スクリプトってすごいな！」と感心しちゃう。だって、あれだけ怒りまくっていた玉城先生の怒りがスクリプトを読むだけで収まってきたから。まあ、意味がわからない物語を読まされて呆れているのかもね、と思いながら玉城先生を観察する。

玉城先生は、スクリプトを読みながら「それで、どうやって父親からの虐待の暗示を入れたんだよ！」と力が抜けた感じで私に質問をする。「先生、私が今沢さんに催眠と言いながらしたのは、その物語を読んだだけです」と震える声で答えた。

「そんなわけがないだろ！　今沢さんは明らかにあなたの催眠の後に変わってしまったんだから、あんたがなんらかの暗示を入れただろ！」と明らかに私が言ったことを疑いながら言っているのだが、スクリプトを読んで「え？　これだけ？」と玉城先生が呟いてしまったのを聞いたから「そうです！　それだけしか読んでません！」とキッパリと伝える。

玉城先生は「おい！　この文章のどこが催眠なんだよ！」と聞いてきたので、私はイラッとして「先生がご自身で調べてください！」とキッパリと伝える。

すると「今沢さんは、あんたが催眠をかけている途中で寝ちゃった、っていうからその眠っている時に〝父親からの虐待を受けた〟とか暗示を入れたんじゃないのか？」と聞いてくる。

私は、あんなに泣いていたのになぜか立ち直っていて「それは今沢さんに確認してみてくださ い！　寝ていたとは言っても内容は覚えているはずですから、それ以外のことを私が言ったかどうか本人に確認してください！」と言って立ち上がった。

「おい！　夏目さん、この紙はいらないのか？」と後ろから慌てて声をかけてくる。「いりません！　ちゃんと今沢さんに確認してください！」と伝えて玄関を開けて、そしてクリニックの階段を降りていった。

商店街に降りた途端に「うわ〜！　危なかった〜！」と胸を撫で下ろす。玉城先生が催眠スクリプトのことを何も知らないでいてくれたから助かった〜！　だって、お師匠さんがあのスクリプトを読んだ時、私が今沢さんの家の間取りを聞いた時に「父親からの虐待」と浮かんできたことをピタリと当てられて「すごい！」と思ったけど、それが玉城先生にやられてしまったら「ほら！　ここでお前が暗示を入れた！」と責められるところだった。

でも、私自身、あのスクリプトを自分で読んで「え？　父親からの虐待ってどこ？」とわからなかったので、お師匠さんの特殊能力なのだとあの時は思った。あの図書館の後に、今沢さんがこれまで思い出したことがなかった父親からの虐待を思い出したってすごいことかも。

今日、今沢さんは、前回会った時と違って生き生きしていたので「何があったんだろう？」と思っていたけど、隠れていた心の傷から解放されて自由になったからあんな素敵な表情をしていたんだ！と嬉しくなった。

あんなに素敵な表情になって主治医から喜ばれていると思ったのに、なんで「お前が暗示を入れて冤罪を作り出している」と責められなきゃならないの！と怒りが湧いてきたが、同時に「もしかしたら自分はやってはいけないことをやってしまったのかも」と事の重さが胃にズンと感じられた。

歩きながら、家が近づいてくるにつれて、どんどんその重さが増してくる。私はもしかしたら心理学なんて勉強してはいけないのかもしれない、と考えるようになっていた。

家に着いて玄関を開けたら「お姉ちゃんおかえり！」と恵里香がちょうど夕食を食べに階段を降りてきたところだった。「あ！　目が赤い！　失恋しちゃったの？」と余計なことを大きな声で言う。私は慌てて洗面所に行って鏡を見て顔を洗って目の周りを冷たい水で冷やす。

そして、階段を登って自分の部屋で着替えて、食卓に行くつもりだったが、胃がズンと重くて食欲がない。でも、「食欲がないから食べたくない」と言ったら母に心配をかけてしまうかもしれない。もう、母の悲しむ顔は見たくないと思って食卓に降りていく。

父は私に何も聞いてこなくてちょうどよかったが、母は「どうしたの？　明日香、何があったの？」と心配そうに聞いてきた。

母に心配されてちょっと嬉しくなってしまった。さっきまでの胃のズンと重い感じはいつの間にか消えてしまう。「問題集で、同じ間違いを何度も繰り返していて悔しくて涙が出てきちゃったんだ！」と嘘をつく。

妹の恵里香は疑わしそうに私を覗き込んでいる。母が「明日香、あなた勉強をやりすぎなんじゃない？　夜遅くまでやっているから」と心配そうに言う。「いや、そうでもないよ！」と私はとぼける。すると恵里香が「私だってお姉ちゃんに負けないように勉強してるもん！」と突っかかってくる。

父は嬉しそうに「そうか、恵里香も頑張っているのか」とキュウリの浅漬けを箸で摘んで口に放り込みご飯をかき込む。

私は母が作ってくれた、油揚げと豆腐が入った味噌汁を啜る。すると、温かい感覚が胃に広がって、さっきまであった嫌な感覚が消えていく。こんなふうに家族と団欒ができるようになったのはお師匠さんの催眠のおかげだし、私はお師匠さんの催眠をもっと学ぶために心理学を勉強したい、と思いながら、さっきお父さんが美味しそうに食べていたキュウリの浅漬けを口に入れて、ボリッと噛んでみる。

キュウリの旨味が口の中に広がっていき「おー！　ご飯が食べたくなる！」とご飯を一口、口の中に放り込む。キュウリの旨味とご飯の甘みが合わさって幸せな気持ちにしてくれる。だんだん「負けてなるものか！」と力が湧いてくる。

食べ終わって自分の部屋で机に向かった途端に睡魔に襲われて、いつの間にか机で寝てしまった。気がついたら、背中に膝掛けがかかっていて「あ！　お母さんが来てくれたんだ」と温かい気持ちになっていた。

そこから不思議と集中して勉強ができるようになる。あんなに大変なことがあったのに、眠りの中で催眠の無意識が働いて私のことを助けてくれる。そして、いつもよりも勉強が進んでいるのにびっくりした。もしかしたら、大変な時ほど私の無意識は私を助けてくれるのかもしれない。そんなことを思いながら床についたら、いつの間にか深い眠りに入っていった。

朝起きた時はすっきりしていたが、電車の中で予習を始めた途端に「もし玉城先生が本当に私の志望校に私が入学できないようにしてしまったら」と不安が襲ってきて、絶望的な気持ちになった。

でも不思議なことに、お師匠さんの催眠スクリプトを受付で盗み聞きをしちゃって寝てしまってから、嫌な気持ちが湧いてくると、トイレに水が流れるようにザーッという感覚と共に嫌な感覚が流れてしまって、目の前の勉強に集中できる。前だったら、こんな嫌なことがあったら、ともに勉強もできないのは当たり前だったし、本を読むことすらできなくて二週間ぐらい同じことで苦しんでいたはず。

本当に催眠って面白いな、と思って英語の教科書を開いていると、教科書の中のサミーが私に「リピートアフターミー」と英語の発音を教えてくれる。もちろん電車の中だから、頭の中で英語の発音をしながら教科書を読み進めていくのだけど、サミーが出てくると英語の文法すら楽しく思えてくるから不思議である。

一通り終わったところで亜美が電車に乗ってきて「おっはよう！」と脳天気に挨拶をしてく

る。「夏目！　なんか元気ないじゃん！　ちょっと目も腫れているみたいだし、失恋したの？」と妹と同じことを聞いてくる。

亜美の動画のおかげで大変な目にあったことを伝えて、文句の一つでも言ってやりたかったけど、亜美の受験勉強の邪魔にはなりたくなかった。前はしょっちゅう目を腫らしてたけど、最近ないな、と思っていたら失恋って閃いたんだ！と亜美は嬉しそうに言う。

亜美が言う通り、催眠のお師匠さんに出会う前は、毎日のように母親から叱られて父親から引っ叩かれて泣きながら寝ていたから、目を腫らして学校に行くのが日課のようになっていた。それを亜美は知っていたんだ、とちょっと衝撃を受けてしまった。

亜美は「あ！　余計なことを言った！」と気がついたようだが、「夏目が失恋って言ったってまだ青木との恋は始まってすらいないよね」とさらに余計なことを言う。

私だって恋愛をしてみたいけど、勉強に集中できるようになったこの生活はちょっとでも油断をしたらすぐに崩れてしまいそうな怖さがあるからそんなことはできない。

一年前は大学受験をするなんて考えられなかったし、高校を卒業した後のことなんて全く何も考えられなかったあの頃に戻りたくない。これがお師匠さんが見せてくれる催眠の夢なのかもしれない、って思うことも何度もある。でも、夢だったら覚める前にこれを確実に自分のものにしたい、と思っているから勉強に集中できるのかもしれない。

沙知が途中で合流して、歩いていると亜美が「夏目が、今日なんだかおかしいんだよ！」と沙知に伝えている。沙知は「どうせ、あんたがなんかやらかしたんでしょ！」と言うと「え～？いつ私がやらかしたのよ！」と既に前回のことを忘れているから亜美はすごい。

あっという間に授業が終わって帰宅時間になってしまう。そして、お師匠さんのオフィスまでの電車も復習をしているとあっという間に到着。お師匠さんには昨日あったことを話さなければ、と思っていた。

玉城先生がお師匠さんのことを突き止めて、あんな失礼な態度でお師匠さんに迷惑をかけられたら困るから。到着すると、お師匠さんが受付の机に座って、何やら鉛筆で原稿用紙に書き物をしていた。それを見て「あ！　お師匠さんが催眠スクリプトを書いているところを初めて見た！」と感動する。

邪魔にならないように、そーっと隣の席に座る。お師匠さんが催眠スクリプトを読む時って、書いたものを全部覚えているみたいで、一度も原稿用紙に書いてあるスクリプトを見たことがなかった。

お師匠さんが書いているのを眺めていたかったけど、私も人に見られているだけで気が散ってしまうので、静かに参考書を出して、問題集を解き始めた。私も問題集を目の前にしたら催眠に入ったように周りの音が聞こえなくなり、問題に集中できた。

お師匠さんと二人の時間がゆっくりと流れていく。しばらくして、お師匠さんの方から「ふー」と息を大きく吐く音が聞こえてきたので、時計を確認すると、一時間が経過していた。

「うわ～！　こんなに時間をかけて催眠のスクリプトを書いているんだ！」とびっくりする。お師匠さんは「夏目さん、こんにちは」と私の顔を見てにこやかに挨拶する。私は、昨日の衝撃的な出来事をどのように切り出していいかわからなくて、しばらく固まっていると「お！　夏目さん、何かあったんですね！」と優しく聞いてくださる。

私は、今沢さんから約束をしていた三冊の参考書を渡されたこと、その後に玉城先生に怒鳴りつけられて「大学なんかに進学させない」と脅された時のことを話した。

そして、玉城先生に今沢さんに読んだスクリプトを渡して、そこから玉城先生の怒りがトーンダウンしたことなども、全て話していった。お師匠さんは、私が話している間ずっと笑顔で「うん、うん」とうなずいている。

話を聞き終わったお師匠さんが「夏目さんはすごいですね！」とおっしゃって訳がわからなくなる。知らない心療内科医に怒られて脅されて号泣したこと？　でも、最後は、スクリプトを渡してそのまま玉城先生を放置して帰ってきたんだよな、なんにも説明しないで。

でもあの時、私が余計な説明をしていたら、全部言い訳と受け取られてさらに状況が悪化していたかもしれないから逆に良かったのかもしれないよね、とお師匠さんが言っていた「すごい」

の意味がちょっとわかってきた。

「私はこの後、どうしたらいいですか？」と尋ねてみた。

するとお師匠さんは「夏目さんなら大丈夫！」と優しくおっしゃる。「お師匠さん、何が大丈夫なんですか？」と突っ込んで聞いてみた。するとお師匠さんは、ちょっと上を見上げて「夏目さんには無意識がついているから大丈夫なんです」とゆっくりとした口調でおっしゃって、私の中のごちゃごちゃした感情がその言葉で一点に集められて小さくなって消えていくのを感じた。

確かに、あの時泣いたのも意識的ではなかったよね。親から毎日のように叱られて泣き慣れていたから気がつかなかったけど、泣いた時も無意識だった。

そして、あの涙が余計なことを玉城先生に説明するのを止めてくれていた。そして、私がちゃんと口で説明できないから、催眠スクリプトを渡されたのを玉城先生は真剣に読むことになって、読んだ後の玉城先生の様子が変わっていた。

お師匠さんは「夏目さん、これからが楽しみですね！」と笑顔でおっしゃる。私は「いやいや！　スカウトされるかも！って楽しみに玉城先生のところに行ったらひどい目にあったんですから、下手に楽しみにするとやばいですって！」と慌てると、お師匠さんが「ガッハッハ！」と大きな声で笑って「夏目さんは、本当に面白い！」とおっしゃった。それを聞いて私もお師匠さんと一緒に「ガッハッハ！」と笑ってしまう。

催眠のお師匠さんの無意識の世界に出会ってから、私がどんどん変わっていく。いつの間にか、お師匠さんがおっしゃるように無意識が守ってくれて、楽しい世界を見せてくれる。そんなことを思っていたら、昨日の玉城先生のクリニックでの出来事が懐かしい思い出のように思えてくるから、お師匠さんの催眠って本当に不思議である。

家に帰ってから、今沢さんからの参考書を机に並べて「ふ～！」と大きく息を吐く。

参考書のページをめくってみると、これまでとは違った問題がたくさんあって「うわ～！　流石に初めて解く問題集は難しいな」と思っているけど、これまで繰り返し解いてきた問題集と共通点がいっぱいあって「何度も同じことをやるって無駄じゃなかった」と思えて嬉しくなる。

お師匠さんが「夏目さんには無意識がついている」とおっしゃっていたけど、問題集を解いていると「もしかして本当にそうなのかも！」と思えてくるから面白い。

そして、日曜日になって図書館で勉強をする頃には、新しい参考書はすっかり他の参考書に馴染むぐらい汚れていた。夕方になって「そろそろ帰るか！」と思って背伸びをした時に「夏目！」と聞き覚えのある声が聞こえてくる。

その声の主は、私の目の前の席に座って「うわ～！　私が買ってきた参考書！　一週間でもうこんなに汚れているの！　どれだけ頑張っているのよ！」と小さな声で言ってくる。

私は「今沢さん、参考書、ありがとうございました」と丁寧に頭を下げる。今沢さんは「色々とごめんね」と小さな声で私に謝る。私は机に出していたものをカバンに全部しまって、そして、出入り口に向かって歩いていく今沢さんの後を追う。

外に出た途端に今沢さんが急に私の方に思いっきり頭を下げて「本当にごめんなさい！」と謝った。「え？　なんのことですか？」とわからないフリをする。「玉城のことだよ！　モォ〜！」と思い出すだけでもイライラする、というジェスチャーをする。

「玉城のところに行ったら、あなたが書いた紙を渡されて『催眠の時に読まれたのはこれだけなの？』って聞いてきたんだ」とちょっと興奮気味に説明をしだす。

「その紙に涙の跡があるじゃん！　玉城が読んで泣くわけがないよね。だから『あ！　玉城が夏目を呼び出した時に泣かせたんだ！』とわかっちゃったの」。それで玉城先生を問い詰めたら、どうやら玉城先生はそこであったことを全部話したみたいで、今沢さんが「どうしてそんな余計なことをする！」と激怒したらしい。

玉城先生は今沢さんが急激に変わってしまったことが心配で「怪しい催眠で洗脳されてしまったのかも？」と不安になったという。

「だから、違うって説明したのよ！」と今沢さんは、これまで好きな男性に暴力的になってしまうのは、自分の頭がおかしいから、と思っていたけど、父親からされてきたことが記憶から抜けていたから、ということにあの催眠の後に気がついて、思い出せなかった記憶が戻ってきたことを玉城先生に伝えたら「そんなに簡単に記憶が戻るわけがない」と先生が信じなかったらしい。「私さ、母親からずっと『あんたのせいで離婚をした』と言われ続けていたから、自分が悪い子だからお母さんを苦しめてきた、と自分を責めていた」と薄暗くなっていく空を眺めながら話してくれた。その言葉を聞いたら私の目から涙がこぼれてしまった。「なんで、夏目が泣くんだよ！」と今沢さんは涙を拭きながら、照れ笑いをする。

「私、自分のことを責める必要がないってわかっちゃったんだよね」と今沢さんが爽やかな笑顔で言った言葉が心に刺さった。

その時に、お師匠さんが私に「夏目さん、私たちの催眠は、暗示をかける催眠じゃなくて、暗示を解く催眠なのかもしれません」とおっしゃっていた場面が浮かんできた。ずっと悪夢のような毎日に苦しんできた私も、お師匠さんの催眠によってその悪夢からいつの間にか解き放たれていた。

ちょっと涙が引いた今沢さんが「玉城のやつがあなたに謝りたいから来てほしいって言ってたけど嫌だよね！」と心配げな表情で言ってくる。私は「はい！」とだけ答える。「だよね〜！」と今沢さんは妙に納得してくれた。

「玉城もそれは予測していたみたいでさ、だったら夏目が勉強している催眠がどんなものか、どんなところで習っているのか教えて欲しいって言うんだよ！」と言われて、嬉しかった。でも、催眠のお師匠さんのところに来たら、また顔を合わせるかもしれないし、それはちょっと嫌だな、と思って、ちょっと考えてから、私が一番最初に読んだお師匠さんの本を紹介することにした。

今沢さんはスマホで早速、検索して、玉城先生にメールしているみたいだった。「夏目！　本当にありがとうね！」と今沢さんは再び頭を深々と下げてくれた。そして、軽い足取りで「バイバイ！」と去っていく。そんな後ろ姿を見ながらなぜかまた涙があふれてきてしまった。

第3章

夏目が嫉妬される！

電車に乗っていたら「あんたは気持ち悪い！」と母から言われた言葉が急に思い出され過去に引き戻される。

毎日のように「あんたはだらしない」とか「汚い」と母親から罵倒されて泣かされて、勉強ができないことで叱られて父から引っ叩かれる毎日だった。

今は、電車の中で授業の復習をしているが、以前はそんなことが一切できずに勉強の仕方すらわからなかった。

でも、本だけは大好きで貯めたお小遣いで古本を買って、現実の世界から本の世界に逃げ込んでいた。

本を読んでいる時だけは、自分が惨めな醜い人間ではない感覚が得られる。ある時に、ミルトン・エリクソン博士という催眠の先生の本を読んで「この人、すごい！」と思って、催眠に興味をもって、そしてお師匠さんの催眠の本を見つけてしまった。

催眠を勉強したら、このダメな私が変われるかも、とまるで魔法使いに憧れる小学生のように夢を抱いて、無謀にも催眠のお師匠さんのところに「弟子にしてください」と会いに行ってしまった。あれが始まりなんだよな〜、と振り返っていた。

お師匠さんは「私の相談室の受付を勉強の自習室として使いなさい」と私の居場所を提供してくれた。私はお師匠さんのオフィスの受付に座って、催眠の講座を壁越しに聞いているうちに自然と催眠に入って、何度か眠っていた。

隣の部屋からお師匠さんの「さあ、大きく深呼吸をして頭がすっきりと目覚めます」という催眠の覚醒の合図で目が覚めて「うわ！　また寝ちゃった！」と気がつく。お師匠さんの催眠を盗み聞きして勉強しようとしていたのに繰り返し眠ってしまう。

でも、いつの間にか、受付で勉強をするようになっていて、勉強が楽しくなっていって、気づいたら成績が亜美と並ぶようになっていた。

そして、催眠のやり方なんて寝ちゃっているから全然わからない、と思っていたのに、いつの間にか催眠スクリプトを書くのが楽しくなっていた。今日も沙知が別れる時に「あんた、なんで催眠のお師匠さんのところに通い続けているの？」と聞いてきた。

確かに、受付に座っているだけで何の役にも立っていない。たまにお師匠さんのお使いみたいなことはやらせていただけるけど、基本的には「ここでは夏目さんのやりたいことをやってくださいね」と勉強を優先させてもらっている。

あんなに毎日のように母親から罵倒されて父親から引っ叩かれて泣き続ける苦しみから、お師匠さんの催眠で違う人生が歩めるようになっていた。

お師匠さんから離れてしまったら、また、あの悪夢のような人生に戻ってしまうと思っているから通い続けているわけではない。淡々と通っているのが好きなだけ。お師匠さんのオフィスに行くまでの電車の中で授業の復習をして、そして、受付に座って問題集を解きながらお師匠さんの催眠講座に耳を傾ける。

そして、終わったら電車の中で授業の予習をして、家に帰って家族と共に過ごして再びこれまでの人生でできなかった勉強と向き合う時間が幸せだった。そんなことを考えていたら、いつの間にかお師匠さんのオフィスの最寄駅に到着していて「高田馬場〜」と車掌さんがアナウンスしている。

オフィスに到着したら「あれ？ 私の席に女性が座っている」とちょっとびっくり。黒のワンピースを着たその女性は、催眠療法の講座に参加している風間さんじゃないかな？と思って「こんにちは」と挨拶をして近づいていく。風間さんはいつも私が座っている席を譲ろうとはせず、お師匠さんのスケジュールを見ている。

私は「お師匠さんのスケジュールを勝手に覗いたらダメでしょ」と思ったけど、どう伝えたらいいのかわからなくて「あの、すみません」と声をかけた。すると風間さんが「あなた、夏目っていうのよね。先生の親戚とかとは違うわよね！」と私を睨みながら言ってきた。

「あ、はい」とだけ答える。「あなた、ここで何をしているの？」と聞かれて私は答えに困る。

風間さんは、冷たい口調で「はっきり言ってあなた邪魔なのよね」と言い放つ。

その瞬間、私は衝撃を受けて涙目になってしまう。風間さんに「だいたい、あんた、ここで何をしているの？　いつも勉強をしているふりをしているみたいだけどなんにもしていないじゃない！」と言われてシュンとなってしまう。

「なんであなたみたいな汚い小娘が先生の横に座っていられるの？」と言われて、ちょっと前にクリニックの玉城先生に責められた時のことを思い出す。「なんでまた！」と悲しい気持ちになって泣きたくなる。「どうしていつも私がこんな目に遭わなきゃいけないの？」と悔しい気持ちも襲ってくる。

泣きたい気持ちを肺の中に溜まっていた息と共に「ふぅ〜」と吐き出して、素早く息を吸って「大変申し訳ありませんが、そこは私の席なので先生のスケジュールを見るのをやめていただけますか。クライアントさんのプライバシーの問題があるので」と伝える。

すると風間さんが立ち上がって「生意気な！　私が何をしたっていうのよ！」と喧嘩腰になったところで、「ガッハッハ！」という笑い声が響いてきて、ドアが開いていつものようにお師匠さんがクライアントさんと一緒に部屋から出てきた。

風間さんは「あら！　先生！」と一転して、笑顔で先生に挨拶をする。お師匠さんも笑顔で「こんにちは！　いらっしゃい！」と風間さんに挨拶をして、私にも丁寧に会釈をしてくださった。

風間さんは、私の方を見ないでお師匠さんの方に向かっていく。私は風間さんが座っていた受付の席にカバンを下ろして、お師匠さんに代わってクライアントさんのお会計と次回の予約を取る仕事をする。私の興味は風間さんよりも部屋から出てきたクライアントさんに移っていた。

なぜなら、悩みを抱えてお師匠さんのところに来られたクライアントさんが部屋から出てきたら本当にキラキラしていたから。

「やっぱりお師匠さんの催眠ってすごいな〜」と感動しちゃう。受付のアルバイトというお師匠さんから与えてもらった設定を忘れて「お師匠さんの催眠でどんなことが起こったんですか？」と思わず聞きたくなってしまう。

そんなことを考えていたら、催眠講座の受講者が次から次へとやってきて、受付は大忙しになった。私は慌てて催眠講座の部屋に入って椅子を並べてセッティングする。

みんなが入ってくる中で、風間さんが男性受講者にボディータッチをしながら入ってきて、私の存在を無視している。

そして、お師匠さんが入ってきたので、私が受付に戻ろうとしたら、風間さんが「先生！私、先生から習っている催眠スクリプトを受付の夏目さんに作ってもらいたんですけど！」と三〇代後半とは思えないかわいらしさでお願いした。

私は咄嗟のことで頭が真っ白になった。ついさっき、あんなに喧嘩腰だったのになぜ？と思った瞬間に「ドーン」と殴られたような衝撃が襲ってきた。「うわ！　風間さん、私にスクリプトを作らせてみんなの前で恥をかかせてここにいられないようにしようとしている？」と嫌な考えが浮かんできた。うそ！と一瞬で固まってしまう。

こんな時はお師匠さんがどう風間さんに答えるかが頼りになってくる。「受付の仕事があるからまたいつかお願いしましょうね」とお師匠さんが私のことを庇ったりしたら風間さんの風当たりが余計に強くなるような気がした。

そんな時、お師匠さんが顎に手を当ててちょっと考えたふりをして「それはいい考えですね！私の愛弟子に催眠スクリプトを書いてもらいましょう！」と優しい笑顔でおっしゃった。

それを聞いて私は思わず「いやいや！　絶対無理ですから！」と頭を下げた。そんな私を師匠は無視して「夏目さんはすごいんですよ！　高校生なんですけどね、こう見えて苦労人でいらっしゃって、催眠がものすごく得意なんですよ！」と笑顔で大嘘をつく。

「あ〜！　お師匠さん！　私、もう解っちゃった！」と私は心の中で呆れたように叫ぶ。「お師匠さんの嘘に乗っかれっていうことね！」とお師匠さんの意図を受け取った。

「夏目さんは学校でも授業中に先生に催眠を使って授業を面白くしちゃうような達人なんです！」と師匠は思いっきり風呂敷を広げる。その時に、受講者の一人が「あー！　ここに来られている高校の先生って夏目さんの学校の先生なの？」と聞かれて「いや〜！」と私はとぼける。

その時にチラッと風間さんが目に入ってきて、顔は笑っているのに目が笑っていない。「いや、受験勉強がありますから」と断りたかったけど、さっき風間さんから「勉強するふりをして！」となじられたばかりだったので「どうにでもなれ！」という気持ちになってきた。

そもそも、お師匠さんは愛弟子、とおっしゃったけど、私はお師匠さんから直接的に催眠を教わっていない。お師匠さんの催眠講座を受講するお金がなかったから、ずっと壁越しに講座を盗み聞きしていただけ。なんでそんな私に「愛弟子」とか言って風間さんを怒らせちゃうかな〜、も〜！と呆れ半分でだんだん面白くなってくるのがお師匠さんのテクニックなのかもしれない。

お師匠さんはニコニコしながら「じゃあ、今日はこのあと誰も受付には来る予定はありませんから、夏目さんに参加してもらいましょうか」とおっしゃって、部屋に円を描くように並べられた椅子の中から、お師匠さんの隣の椅子に私を案内する。

風間さんはお師匠さんのものすごいファンらしくてお師匠さんのことがよく見える対角線上に座っている。

うわ！　緊張する〜！

サラリーマンの男性たちや、話の様子から看護師さんや他でカウンセリングの仕事をしている人も確かこの中にいるはずで、みんなが私に注目をしている。そして、お師匠さんの言葉を待っている。お師匠さんは「さあ、夏目さん、始めてください」とおっしゃった。

「うそ！　お師匠さん、何も助けてくれないの!?」でもこうなったらどうにでもなれ！と思えるのは、ずっと母親に鍛えられてきたからなのかもしれない。

散々怒鳴られて殴られていたので、緊張する場面がきた時に逆に変に頭が冷めてしまって冷静にモノが見えてしまう。「先生！　書くものが必要なのでバインダーと紙と鉛筆を取ってきてもよろしいでしょうか？」と伝える。

すると「あ、失礼しました！　私が取ってきましょう！」とお師匠さんが立ち上がって、バインダーに紙を何枚か挟んでペンと一緒に渡してくださる。

すると風間さんは「夏目さん！　私があなたに挑戦したんだから、わざとあなたを陥れるような真似はしない！　正々堂々と勝負してあげるから、そのつもりでかかってきなさい！」とおっしゃった。「もしも〜し！　風間さん！　さっきの女性らしい『夏目さんの催眠スクリプトが聞いてみたい！』というのが消えちゃってますけど！　『挑戦』って言っちゃってまるで決闘のような感じになっていますけど」と心の中で突っ込んでいた。

風間さんが話し終わる瞬間に息を大きく吸う時、私の肩も風間さんの肩の動きに合わせて上に上がり、そして大きく吸った息を風間さんが吐き出す時に、私の肩をゆっくりと前の方に動かす。

この相手の呼吸に合わせて肩の動きを合わせるのがお師匠さんの催眠の基本。呼吸を相手に合わせた瞬間に私は催眠状態に入り、無意識の力が使えるようになる。

「家に帰る時の道順を覚えていらっしゃいますよね」とお尋ねする。

するとヽ「もちろん！　私をアホだと思っているの！」と風間さんは催眠療法の講座の受講者らしからぬ返し方をする。私は「そしたら、駅を降りた時に目の前に何が見えるのかを教えていただいてもよろしいでしょうか」と聞いてみる。

「あんたと違って私は都会に住んでいるんだから地下鉄よ！　地下だから何も見えないわよ！」と言い出す。「地下鉄の構内では何が見えていますか？」と尋ねる。

「そうね、水色の太い円柱の柱がホームに等間隔で立っていて、反対側には水色の大きなタイルみたいなのが貼ってあって、その上に薄緑の帯状の線が横にずっと続いている」と一生懸命に思い出している。そこで私は「駅の床の感触はどんな感じですか？」と聞いていく。

風間さんは諦めて目を閉じて「え〜と、焦茶色のタイルが敷き詰めてあって、私のハイヒールにコツコツと硬い感触が床から伝わってくるわね」とおっしゃる。「そしたらどんな音が聞こえてきますか？」と尋ねると「ゴーっていう地下鉄の列車が走っていく音と人の足音が聞こえてくる」と教えてくれる。

風間さんは目を開けて「ねえ！　夏目さん！　私は催眠のスクリプトが聞きたいんですけど！　駅の話はどうでもいいんだけど」と私はあなたの催眠にかかりません！というアピールをしてきた。

私はお師匠さんがどういう表情で催眠をやっているのかいつも壁越しだからわからないけど、いつも笑顔で私の話を聞いてくださるから、私も笑顔で風間さんの呼吸に合わせて肩を上下に動かしながら、風間さんが息を吐く時に「大丈夫ですよ！　風間さんはとても良くできていらっしゃいます」と答える。

風間さんは「こんなのみんなの時間の無駄！」と言いながら、再び目を閉じて「次は何？」と聞いてくる。

私は「それじゃあ、コツコツとした足音を聞きながら、次に何が見えますか？」と聞いてみる。三段の階段があって、登っていくと左側にある空調機から風が身体に吹き付けてくる。そして、エスカレーターのモーターの振動を足の裏で感じながら、踊り場が上に見えてきて、さらにエスカレーターがあり、その横にある階段を登る人の足音が聞こえてくる。

そんな感じで私はみんなが見ている前で風間さんの家まで「見て、聞いて、感じて」の順番で情報を聞き出していく。するとサラリーマンの男性がうとうとし始めてしまったのは退屈だから？　それとも催眠状態に入ってしまったから？

最初は元気があった風間さんも住んでいる六階建てのマンションに到着したあたりで力を失ったような感じになって、私の質問に淡々と答える感じになり、周りの人たちはみんな眠っている状態になった。

風間さんのマンションのエレベーターに乗って三階の部屋のドアを開けた途端に胸が押しつぶされるような孤独を感じた。切ないようなものすごく胸苦しい感覚が部屋の空気を吸った時に肺に満たされて、ゆっくりとそれを体から吐き出したくなる。

そして、キッチンからリビングに移動する。寝室には畳の上にベージュの絨毯を敷いてその上にベッドを置いてあるのだが、そこに横たわる風間さんをイメージした時に「孤独で眠れない苦しみ」というのが伝わってきた。

「うそ〜！　あんなに強気な風間さんが孤独なわけがないじゃない！」と自分にツッコミを入れてみた。突っ掛かられて喧嘩を売られたから「孤独で可哀想な人にしたいだけ」と思ってみたが、押し入れを開けてもらった時に、押し入れから伝わってくる匂いで「嫉妬に狂う母親」という言葉が浮かんできた。「なに？　これ？」と思って風間さんに押し入れに入っているものを聞いてみると「実家から送られてきたもの」と言っていた。

家族の誰から送られてきたもの？と聞いて「母親から送られてきたアルバム」、父親はほとんど写っていない、と答えてもらった時に「父親の浮気で嫉妬に狂う母親」というのが出てきて、さっきの「孤独」と「母親の嫉妬」などのパズルのピースがハマってきた。

もう一度、風間さんのリビングの情報を聞くと、「男性の嫉妬を疑ってしまい関係を破壊」というイメージが湧いてくる。相手を疑ってしまい、信頼することができずに関係が壊れて孤独になることを繰り返し、この部屋で孤独で眠れない。そんなイメージが浮かんできたら、私に対してどうしてあんな態度を風間さんが取ったのかが腑に落ちて、心の痛みが伝わってきた。

その時にお師匠さんが私の方を見ているのに気がついて「もう大丈夫ですか？」と笑顔だけで聞いてくださる。私はゆっくりとうなずいて「もう十分です」というメッセージをお師匠さんに送ると「それでは皆さん、ひとーつ！　爽やかな空気が頭に流れていきます！」と安心できる低い声で催眠の覚醒の手順を始められた。

「ふたーつ！　頭がだんだんとかる〜くなっていきます！」そして「三つで、大きく深呼吸をして〜！　頭がすっきりと目覚めます！」という掛け声と共に手を「パン！」と叩く。ネクタイを締めたサラリーマン風の男性たちは、本当に目覚めたみたいで大きくあくびをして腕を上げて背伸びをする。

他の参加者の女性も「いつの間にか気を失っちゃった！」と隣の男性にちょっと恥ずかしそうに伝えていた。そして、風間さんは「先生！　こんなの催眠じゃありませんよね！」とちょっとお淑やかな口調でちくりと余計なことを言う。

お師匠さんは「さあ、どうでしょう！　これから夏目さんが今おやりになったことを皆さんに解説しますから、その間に夏目さんは催眠スクリプトを書いちゃってください」と恐ろしいことを言う。「え？　今書くんですか？」というメッセージを、口を開けて目を大きく見開いてびっくりした表情を作ってお師匠さんに訴えかける。

お師匠さんは「あ！　夏目さん、ここじゃあ書きにくいかもしれませんから、受付の机で書いていただいて大丈夫ですよ！　皆さんはトイレ休憩をしてからまた講座を再開しましょう！」と笑顔でおっしゃる。

私は心の中で「いや、だから、そういうことじゃなくて！　今書かなきゃいけないんですか？」と呟いていたが、風間さんのことを引きずって一週間過ごすのは勉強の支障になるかもしれない、と思ったら「さっさと書こう！」と受付の席に座ってお師匠さんが普段使っている3Bの鉛筆を握って紙に向かった。

すると、トイレから帰ってきた男性が会場に入る前に私の前にきて「夏目さん、すごいね！　直接、先生から教わっているの？」と聞かれて、私は首を横に振る。「え⁉　独学であそこまでできるようになったの？」と聞かれた時は「いや、独学じゃなくて、皆さんの講習を盗み聞きしていて」と答えたかったが「盗み聞きはまずいだろ！」と思ってしまって「えっ？　はい！」と曖昧な答え方をした。「でもすごいよな〜！　僕なんて一発で催眠状態になって、途中の記憶がないんだから」と悔しそうにおっしゃる。

その後風間さんが私の前を通ったみたいだけど完全に私のことを無視していた。みんなが席に着いた時にお師匠さんが「夏目さんがやっていたのが催眠の手順です」と説明をし出す。「風間さんが喋った後に、夏目さんが呼吸を合わせたのを皆さんは気づいていましたよね！」とお師匠さんが参加者に問いかけるのを聞いて、私の顔が真っ赤になってくる。

地下鉄の構内から「見て、聞いて、感じて」の順番で頭の中で客観的な情報を繰り返していく。すると隣の部屋から「夏目さんが客観的な情報だけを聞き出してましたでしょ！　無意識って客観的な情報に宿るから、それを聞き出すことで催眠状態を生み出すんです！」という解説が聞こえてくる。そのお師匠さんの「催眠」という言葉で私はいつの間にか催眠状態で無意識の物語を書き始めていた。

３Ｂの鉛筆でコッコッと音を立ててスクリプトを書いていると、鉛筆の濃淡でまるで絵を描いているような感覚になる。これが催眠状態というのかな？と書きながら自分を外から観察する。

隣の部屋のお師匠さんの声がだんだん聞こえなくなって、頭の中に不思議な風景が広がっていく。中世のヨーロッパのような石畳の道を私が誰かと歩いていて、そして会話がどんどん展開していく。そして、書き進めていくとどんどん私の心がワクワクしていて「この先はどんなことになるの！」と先が知りたくなる。

そう、私が書いている感覚は全くなくてお師匠さんに教えてもらった催眠で無意識の力が勝手に物語を私に見せてくれる。

そうして書き続けていると、物語の終わりが見えてきて寂しいような、名残惜しいような気持ちになっている時に、私の目から涙がこぼれてきた。私は鉛筆を置いて現実の世界へと戻ってきた。そして、書いたスクリプトをもう一度読み直そうと思った時に、お師匠さんがドアを開けて「おや！ 夏目さん、もう書き終わったんですね」と優しい笑顔でおっしゃる。

「それでは、夏目さん、皆さんの前で書き終えたスクリプトを読んでいただいてもよろしいですか？」とおっしゃったので、私は訳もわからず「はい」と答えていた。お師匠さんが私をみんながいる部屋に招き入れてくれる。するとみんなが「え!? この時間でもうスクリプトを書き終えちゃったの？」とびっくりしてざわざわする。

風間さんだけが無反応で無表情で私が座るのを待っていた。私が席に座った時にお師匠さんが「夏目さんのタイミングで始めてください」と優しい声でおっしゃる。そして、風間さんが息を吐く時に合わせて、さっき書いたスクリプトを読み始めた。


ある時、二人の人は茶色いレンガが敷き詰めてある道を歩きながら話をしていました。靴がコツコツと音を立てるリズムに合わせてなのか、一人が「あなたはジオラマを作る達人のことを知っていますか？」と尋ねていた。心地よいそよ風が当たる中、もう一人が「そもそもジオラマってなんなんだい？」と質問をします。

「ジオラマって素敵な風景を立体的に表現する方法なんだ」とある表情を浮かべながら答えます。それを聞いて自分が好きな森を描いた小さな絵画を思い出します。「それはどんな大きさでも表現できるのかい？」と好きな絵が小さくて立体的に表現されたらどんなふうに見えるんだろう？と想像をしながら話を聞いています。

「そうだな、ジオラマの達人だったら大きな風景を小さくすることだって、それを広い場所で大きく表現することだってできるだろう」とある声のトーンで喋っていたんです。「でもね、ジオラマの達人のすごいところは、その人の心の風景を切り取ってジオラマに表現することなんだよ」とレンガの道をコツコツと靴の音を立てて歩きながらある表情を浮かべながら話していたんです。

「え？　人の心の風景を切り取ってジオラマにするってどう言うこと？」とそれを聞いた人はいろんなことが頭に浮かんできます。

私の心がジオラマの達人によって読まれ、それをジオラマで立体的な風景として表現するの？　それとも私の望んでいる風景をジオラマの達人に伝えるとそれを心の風景として立体的に表現してくれるの？　すると歩いている人が「ジオラマの達人はあんな体験をしたから、人の心の風景を立体的に表現するようになったのかもしれない」と呟きます。私は、そんなジオラマの達人にあって私の心が映し出す風景はどんなものなのかを知りたくなります。

そして、私は、あの人が話をしていたジオラマの達人を見つけ出すことができたんです。見つけ出して、その達人がいると言われているお店の扉を開いた時に、ドアについていたベルがカランカランと音を立てて私がきたことをお店の人に知らせてくれます。

あの人が言っていたように、街の風景や、川の風景、そして子どもたちが遊んでいる公園の風景などが小さく、小さくなって立体的に表現されています。公園で走り回っている子たちは生き生きして走っているのがそのジオラマから伝わってきます。

木などが風に揺られているのもジオラマで表現されていて、まるで時が止まったような感覚になる。時が止まったようで、その中ではイキイキとした姿が表現されている。そんなジオラマから目が離せなくなっていると、奥の方から「あなたの心の風景はその中にありますか？」と言う声が聞こえてきた。

あの人が「あんな体験をした人」と達人のことを言っていたからどんな人かと思っていたら「あんな体験をした人」には全然見えなくて「あなたがジオラマの達人なのですか？」と質問をしてしまいたくなるような感じだった。

でも「あなたの心の風景はその中にありますか？」と質問をしてくるんだから、達人で間違いないんだろうな、と思って「私にはわかりません」と答えてしまう。時計塔がある街のジオラマを見ても、畑で作物を収穫をする人たちのジオラマを見ても、正直「これが私の心の風景？」というのはわかりません。

　夕方に学校の校庭で逆上がりの練習をしているジオラマを見た時に、ちょっとだけ心が動いたような気がしたけど、それにも確信が持てませんでした。すると、ジオラマの達人が「あんたの心の風景はそこにはありませんよ」と教えてくれた。「あなたはあなたの心の風景を作ってもらいたくてここに来たんでしょ？」と改めて達人は私に質問をする。

　私は、その心の風景のジオラマが私にどんなことをもたらしてくれるのかはわからなかったけど「はい、私の心の風景を作っていただきたくてここに来ました」と達人に答えていたんです。

　すると達人は「そうしたら、あなたの心の風景ができ上がった、と思った時にまたここに戻ってきなさい」とおっしゃった。私はジオラマの達人のことをなんて呼んだらいいのかわからなかったので「先生、私は心のジオラマに対してどのようにお支払いすればよろしいでしょうか」と質問をしていた。すると達人は「あなたの心の風景に見合っただけでいいですよ」と答えてくれる。

　私は、ドアについたベルをカランカランと鳴らしながらジオラマの達人の店を後にする。店の中で見た風景を立体的に表現するのにどれだけの時間がかかるんだろう？と道すがら考えていた。

そして、二日が過ぎ、一週間が経ち、やがて季節が変わったある夕暮れ時に私はふっとジオラマの達人のことを思い出してあの店へと立ち寄ってみることにした。私の心の風景が立体的に表現されたジオラマがあの店に飾られているかもしれないから。

そして、店のドアをカランカランと開けて店の中に入ってみると、以前あったジオラマがいつの間にか入れ替わっていて新しいものになっていた。あのジオラマたちは誰の心の風景だったんだろう、と目の前からなくなってみると気になってくる。そして、新しく並んでいるジオラマを眺めてみる。「この中に私の心の風景はあるんだろうか？」

するとジオラマの達人が店の奥から「あなたのジオラマはそこにはありませんよ」と言いながら出てきた。「あなたのジオラマは誰からも見られないように大切に店の奥にしまっておいたから」と言われて私は胸の中で熱いものを感じてしまう。

ジオラマの達人は店の奥に戻って、両手で大切そうに私の心の風景を持ってきてくれた。それは、高い絶壁から大量の水が滝となって滝壺に落ちていくジオラマでした。大量の雨が降った後なのか、水の量は多くて滝壺に水が叩きつけられるように落ちていき、水飛沫をあげて水が霧状になっていく様まで表現されている。その滝壺に飲まれてしまったらいつあがって来られるんだろう、と想像してしまうぐらい激しい滝壺の風景。

滝を生み出している崖の中腹にも緑色の苔がところどころに生えていて、滝の水の勢いの凄さを表現している。滝壺が作り出す水辺の岩場の影には無数の十字の白い花が緑の葉が茂る中でたくさんの顔を覗かせている。

そして苔が生えている滝の中腹には滝のすぐそばに一輪の百合が咲いていた。百合は滝が作り出す風に揺られているのがその風景から伝わってきて、揺られて岩場で花が傷ついてしまうのでは？と私は気になってしまう。

その百合は、滝の立てる轟《とどろ》きで眠ることができるのだろうか？　あふれる水が上から下に落ちる時に立てる轟きで、さらにその落ちていく水が作り出す風で上下に揺らされ、私は眠ることができるのだろうか？とこの風景の中で表現されている百合のことが気になっていく。でも、このジオラマでは時間が止まって静けさがこの部屋の中に漂っている。

あの百合が轟きの中で誰の眠りでもない喜びを感じていたとしたら、この静けさの中で眠ることができるのだろうか？といつの間にか私は百合の気持ちになっていた。フッと滝を見るとその轟きが私の心の中に響いてきて私に不思議な感覚を与えてくれる。私は群生している白い十字の花々に心を取られることなく、一輪の百合にいつの間にか心を寄せていた。

そんな時にジオラマの達人は私にある表情を浮かべて「うん」とうなずき、大切そうに両手でそのジオラマを私に渡してくださる。私は、それを受け取ると、私が眠れない夜を過ごすたびに入れて貯めてきた封筒をジオラマの達人にお渡しする。なぜか、心の風景を受け取った時に、もうその封筒は私には必要ない気がしていたから。

ジオラマの達人は、私が店から出る時に、ジオラマを持っていて両手が塞がっている私のために店のドアを開けてくれる。「カラン、カラン」という音がして店のドアが開き、フッと私がジオラマを見た時に、百合が上下に揺れてジオラマの達人に手を振っているように見えてくる。

その時に私の目からも小さな水の流れが頬に伝わっていくのが感じられ、達人に会釈をする。ジオラマを両手で抱えて歩いている時に、道ゆく人たちが私の心の風景を驚いたように振り返る。そんな人々の反応を見た時に私は心の中である感覚を感じていた。そう、これが私が生きてきた風景。そして、私の心の中は街ゆく人の中でも静けさが漂っている。


読み終わった時に、講座の参加者の皆さんは眠っているような状態になっていたが、風間さんの目からは涙があふれていた。

「ひと～っ！　爽やかな空気が流れてきます！」　いつもお師匠さんがやっている、催眠状態から覚醒してもらう合図を私がやらなければならない。なぜなら、お師匠さんも完全に催眠状態に入っていたから。

「ふた～っ！　体全体が軽～くなっていきます！」　みんなが息を吸うタイミングで声をかける。

「そして、三つで大きく深呼吸をして！　頭がすっきりと目覚めます！」と言った瞬間にみんなが背伸びをして「あ～！　よく寝た！」と声を上げそうになるが、目を開けた瞬間に流石に私に悪いと思ったのか、その言葉を飲み込んで笑顔で私の方を見ている。

するとドアが開いて、風間さんの後ろ姿がチラッと見えたけどドアが閉まる音と共に消えて行った。部屋には微妙な空気が流れたけど、お師匠さんは全てを察していたみたいで「皆さん、いかがでしたか？」と何もなかったようにみんなの感想を求めていた。

参加者の女性の一人が「最初は一生懸命に聞いていようと思ったけど途中から気を失ったみたいになって夢で滝を見ていた」とおっしゃって、参加者の男性が「お～！　僕も同じ体験をしてましたよ！」と嬉しそうに言っていた。

ネクタイを締めたサラリーマン風の男性は「夏目さんの声のトーンが非常に心地よくていつの間にか催眠状態に入ってましたよ～」と感想を述べていた。

「今の夏目さんの催眠スクリプトは、」とお師匠さんが説明し始めた。え～！　あの状態でお師匠さんは全部私の催眠スクリプトを聞いていて内容を覚えていたの～！と思ったら、私は恥ずかしくて顔が真っ赤になってしまった。

私のスクリプトがどのように無意識にアプローチしているかなんていうのをお師匠さんが詳しく説明していて「いや！　そんなすごい構造は私のスクリプトにはありませんけど！」と慌てて否定したくなるようなことを話している。

風間さんも帰ってしまったし、私はそろそろ受付の方に戻っていてもよろしいでしょうか？とお師匠さんに目で訴えたが、お師匠さんはにっこりと笑顔で返してくれただけで「どうぞどうぞ！」という感じではなかった。だから、恥ずかしいけど黙ってお師匠さんの話を聞き流すことにした。

風間さんを除いた講座の参加者のみんなはお師匠さんの話を真剣に聞き逃さないようにメモしていて、それも恥ずかしかった。風間さんに呼吸を合わせながらスクリプトを読んでいたけど、ずっと風間さんはしかめっ面で私のスクリプトを腕組みしながら聞いていた。

だけど、頬を伝わる涙を見た時に私は不思議な感覚を感じていた。説明が終わって、みんなが質問をしていて、お師匠さんがそれに答えていた。

そして、講座が終わりの時間になり、参加者が私のところにやってきて「夏目さんって本当に先生の愛弟子なんですね！」と握手を求められる。「いやいや！　違いますから！」と言いながら私が握手に応えていいのか？と首を傾げながら手を握り返す。

女性の参加者の三上さんが「あの、さっき先生にもお願いしたんですけど、夏目さんのあのスクリプトをコピーさせてもらえない？」と言われた時は「どっひゃ〜！」と思わず声を上げてしまった。

首を横に振って、同時に手も顔の前でパタパタ振りながら「とんでもない！」と伝えたら、お師匠さんがそんな私を見て「このスクリプトは風間さんのために書いたものだから、次回、風間さんの許可がいただけたら皆さんにお配りすることにしましょう。その時まで私がパソコンで夏目さんのスクリプトを打っておきますから」と言った。

三上さんは「また今度、私のために催眠スクリプトを作ってくれたら嬉しいな！」と言いながら講座の部屋を後にした。

みんなが帰って、静かな部屋でお師匠さんと二人で椅子を片付ける。お師匠さんに私はどんなダメ出しをされるんだろう？とドキドキしていた。するとお師匠さんが満面の笑みで私を見て「夏目さんは、本当に面白いですね〜！」とおっしゃって、その言葉で私の目から涙があふれた。

私の緊張の糸が切れてしまったみたい。

お師匠さんに駅まで送ってもらって、電車の中で私は「受付でできなかった勉強をやろう」と問題集を開いたけど、珍しく頭がぼーっとしてなかなか集中できない。こんなことで集中できなくなっていたら大変なことになってしまう！　私はあの惨めな学生生活に戻りたくない！となぜかそんな言葉が頭に浮かんできたら、ようやく問題集に集中することができるようになってきた。「お！　私はスクリプトをみんなの前で読み上げていい気になっていたのかも！」と自分の足元を確かめる。

　スクリプトを書いたって、それをみんなの前で読み上げたって、私には何もない。空っぽな私。そんなことを感じてみたら、問題集を解いていくのが楽しくなってくる。だって、空っぽな私の中にどんどん新しい知識が吸収されていくのだから。問題集だって初めのうちは「こんなの全く理解できない」と諦めそうになったけど、何度も繰り返し解いているとだんだん簡単に思えてきたのは、私の中にこの問題集が吸収されていくから。


いつの間にかいつもの駅に着いていた。

家に帰ると家族のみんなは食事を済ませて、私のおかずだけがラップをかけて置いてあった。母が「今日はどうだった？」とおかずをレンジに入れながら聞いてくれて、その簡単な質問だけで泣きそうになってしまう。

「変な人にお師匠さんのオフィスで絡まれて大変だったんだよ～！　催眠スクリプトをその場で

作らされてみんなの前で読まされたんだから！」と言いたかった。でもお師匠さんのところは「学習室」ということになっているから、そんなことは言えない。

だから私は「うん！　今日も一日楽しかった！」と笑顔で母に返す。お母さんはレンジから温めたおかずを取り出して「よかった！　でも明日香！　あまり無理しちゃダメよ！」と優しく嗜めてくれる。

こんな母の反応は以前だったら考えられなかったので、もしかしたら私はまだお師匠さんの催眠の中で、目が覚めたらあの最悪の現実が待っているのかも、と思ってしまう。

でも、母がよそってくれたご飯の上にコロッケを乗せて口に入れた時の「サクッ！」という感触で「美味しい！」と叫んでしまって、これは催眠状態ではなくて現実なんだ、と思える。毎日のように母から罵倒されて、父から引っ叩かれていたあの生活はいつの間にか私の過去になっていた。

父がお風呂から出てきて、食事をしている私を見て「おう！　明日香！　今日はどうだった！」と母と同じことを聞いたので「楽しかった！」と笑顔で答える。

父は「明日香！　困ったことがあったらなんでも言えよな！　でも、勉強以外な！」と受験勉強の質問には応えられないことをアピールしながら頑張れよ！というメッセージを送ってくれる。「うん！　ありがとう！」と最後のコロッケを添えてあったキャベツと一緒に口の中に頬張る。衣のサクサク感と肉汁が沁みたジャガイモの味が口の中に広がり「う〜ん！　幸せ！」と心の中で叫んでいた。

今沢さんから買ってもらった問題集をなんとか全部クリアすることができて、電車の中で「やっと一回目が終わった！」と問題集を閉じた時に「うわ！　今日は風間さんがくる日じゃん！」と思い出してしまった。

前回は、私がオフィスに行ったら風間さんが私の席に座っていて大変な目にあった。問題集をクリアすることができて「よかった！」と思っていたらやっぱり悪いことが起きるのかも、とドキドキする。

だって風間さんは「催眠のスクリプトを作れ！」と私に作らせておいて、聞き終わったら帰ってしまったんだから。今日はどんな仕打ちをされるのか、と考えたら頭の上に重い鉛色の雲が乗っている感じになってきた。

お師匠さんのオフィスに行ってみると受付には誰も座っていなかった。お師匠さんがカウンセリングを終えて部屋から出てくる前に、私は催眠講座の椅子を並べる。

しばらくすると講座の参加者の方が次から次へとやってきて私は「こんにちは！」と受付らし

く笑顔で挨拶する。参加者の三上さんが「夏目さん！　風間さんの許可は取れました？」とドキッとすることを聞いてくる。

「すみません、私、お師匠さんからまだ聞いていないので、後でお知らせがあると思います」と笑顔がちょっと引きつりながら答えていた。

そんな時にお師匠さんとクライアントさんがカウンセリングルームから出てきた。「お疲れ様でした！」次回の予約を私が予約カードに書き込んでクライアントさんに笑顔で渡した時に、ドアが開いて風間さんが入ってきた。

「あれ？　なんか違う！」と思っていると風間さんはお師匠さんにだけ挨拶をして講座の部屋へと入ってしまった。以前だったらこんな風に無視をされたら立ち直れないぐらいショックを受けていたかもしれない。でも、なぜか風間さんへのスクリプトを作ってみんなの前で読んでから、人の反応がそんなに気にならなくなっていた。あんな不快な反応が直接私に向けられていたとしても。

催眠って面白いな〜、と思いながら受付に座って、講座に聞き耳を立てる。そして終わったばかりの問題集をもう一度最初のページから解き始める。すると「風間さんに許可をいただいたんで、前回のスクリプトを皆さんにお配りしますね！」という声が聞こえてくる。

あれ？　さっき風間さんが入ってきたばかりなのにいつ許可を取ったのかな？と不思議に思っ

たが、それよりも自分のスクリプトがみんなに配られる恥ずかしさが勝っていた。

前回私が書いた催眠スクリプトの感想をお師匠さんが風間さんに求めて、風間さんからディスられたら私はどんな反応をするんだろう?と思っていたけど、その兆しがなかったので安心して問題集に集中することができる。

そして、気がついたらお師匠さんの「皆さん、今日もお疲れ様でした」という声が聞こえてきた。部屋を出てきた三上さんや皆さんに「お疲れ様でした!」と丁寧に挨拶をする。「あれ?風間さんは?」と思っていたら、風間さんが出てきて「夏目さん、これ!」と厚みのある茶封筒を、受付の机の上に置いた。

風間さんは笑顔になって「夏目ちゃん! 私、あなたのことを応援してるからね!」と言ったと思ったら、すぐにドアの方を向いて、その背中をあっけに取られて見ている私に向けて、振り返らずに手を振ってくれた。

ドアが閉まった時に、私は恐る恐る風間さんが置いていった茶封筒を手に取って、中身を覗いて見て、「ぎゃ〜! お師匠さん大変です!」と講座の部屋で片付けをしているお師匠さんに思わず叫んでしまった。

お師匠さんが「どうされました?」と受付の方へと顔を出される。私は茶封筒をそのままお師匠さんに渡すと「ガッハッハ!」とお師匠さんが突然、豪快に笑い出して、「そうですか!」と嬉しそうに封筒の中を眺めている。

中身はお札が何枚も重なっていて、見たことがない厚さだった。お師匠さんは私の隣に座って「あれから、風間さんが私のところに来られたんです」と話し始めた。

どうして夏目さんが風間さんの眠りの悩みのことを知っていたんだ？お師匠さんが話をしたのか？と聞きにきたと言う。

風間さんは講座に来ているだけでお師匠さんのカウンセリングを受けているわけではないので、風間さんの悩みがなんであるかはお師匠さんは風間さんから直接聞いたわけではないことはわかっている。

でも、どうして夏目が私の悩みを知ることができた？と尋ねてきて、そして、風間さんは自分のことを話してくれたらしい。小さな頃から風間さんはずっと母親の愚痴の聞き役ばかりしていて、母親の心配ばかりしてきた、ということ。

そして、一人暮らしをしたけど、夜になると母親の苦しんでいる表情や愚痴、そして母親から罵倒されたことがぐるぐる思い出されて、眠れなくなっていた。きっかけは会社でのストレスだったけど、そのストレスの原因を対処してもらっても、ずっと頭の中に嫌な思いが巡って朝まで眠ることができなかったという。

それがあの催眠スクリプトを聞いてから、頭の中のいろんな思いや記憶が浮かんできてもいつの間にか眠っていた。

風間さんは催眠講座を受けて自己催眠で眠れるようになって、いつかこの頭の中に巡っている不快な感覚を消すことができたら、と思っていたけど、その目的が達成されてしまった、とお師匠さんに話しに来たらしい。

お師匠さんが笑顔で「あの滝のジオラマの代金ってことなんでしょうね」とおっしゃった。おー！　確かにジオラマの達人に代金を支払う場面が出てきたけど、あれって私、無意識で書いているから全然意味がわからなかったんです、と言い訳みたいに動揺している私を見てお師匠さんが「ガッハッハ！」と大笑いをする。

「私、それを受け取るわけにはいきませんから！」と言うと、お師匠さんは「風間さんにとって、滝のジオラマの価値はこれだけあったんでしょうね」と封筒を机の上に置く。お師匠さんは笑顔で「風間さんとも話しますが、これは夏目さんの大学の資金として私が預かっておきましょう！」とおっしゃって、封筒をいつも会計する時に使う小さな金庫の中にしまわれた。

お師匠さんの催眠のおかげで私の現実はものすごく変わってしまった。私はあの金庫にどれだけのお札を入れればいいんだろう、と思いながら、お師匠さんと二人でオフィスを後にする。そんな私の気持ちをお師匠さんは知ってなのか「夏目さんは本当に面白い！　あなたと出会えてよかったです」とおっしゃる。

私は「いや、私なんてとんでもない！」と顔の前で手を小さく横に振るのが精一杯。本当は「私こそ、師匠に会えてよかったです！」と言いたかったが、言ったら涙が止まらなくなりそうなので飲み込んで、手を振ってくれているお師匠さんに何度も振り返って頭を下げて、駅のホームへと駆けていった。

心の中で「お師匠さん！　ありがとう！」と呟きながら。

第4章

青木がピンチ！

今朝、教室に着いた時から「あれ？　青木の様子がおかしい？」とちょっと暗い影があるような感じがあった。「気のせいかな？」と思いながら、沙知と英語教師の小松の発音をモノマネして笑いながら、横目でチラチラと青木をチェックしていた。

もしかして女の子からフラれた？　青木が誰かと付き合っているなんて聞いたことはないけど、あんな落ち込んだ様子だと「もしかしたら」と考えたくなってしまう。そして同時に「もし彼女からフラれたんだったら」と私の胸の中の心配度合いが減っていく感じがちょっと自分でも嫌だった。

亜美から「あんた、青木のこと好きなんでしょ！」とからかわれたことで変に意識するようになった。「もう、亜美のせいでこんな変な気持ちにさせられて〜」と思っていたら「え？　どうしたの？」と亜美が私たちの会話に入ってこようとするからすごい。

沙知が「亜美！　会話に入って来んなよ！　あんたが来るとまた変なことが起きるから〜」と疫病神扱いをする。「ひど〜い！　夏目！　これっていじめよね！」と私に同意を求める。私はこれまでの恨みの数々があるので「あんたが悪い！」とキッパリと言って自分の席に座る。

亜美が「夏目！　冷た〜い！　まだあのことで怒っているの？」と言われた時に「亜美！　あのことってどのこと？　ありすぎてわからない！」と横から沙知が言ってくれて、私は思わず「わ〜い！」と拍手をした。

亜美は「もぉ～！　私を大切にしなかったら後悔するんだからね！」と言ったが、PTA会長の母親をもつ亜美が言うとシャレにならない。実際に私は亜美の母親からひどい目に遭わされた経験があった。私は、席に座ってからちょっと後悔した。なぜなら、目の前に落ち込んでいる様子の青木が座っていたから。

案の定、亜美が「あれ？　青木！　どうしちゃったの？」と落ち込んでいる様子の青木に向かって能天気に質問をしてしまった。青木は「うるさいよ！　なんでもねえから！」と下を向いたままポツリと呟いただけだった。

普通だったら「あー！　これ以上質問しちゃいけないのね」と察するはずだが、亜美にはその常識が通用しない。「失恋しちゃったの？」と亜美が土足でズカズカと青木の心に踏み込んでいく。「だから、彼女なんていねえって言っただろ！」と青木は言い放った。

亜美のやつ、以前にも青木に彼女がいるかどうかを質問したんだな、と心の中で思うと同時に「あれ？　これって私に向かって青木が言ってくれているの？」とちょっと心がときめいた。「まあ、そんなわけないか」とすぐに現実に引き戻されて「どうしちゃったんだろう？」とますます気になってしまう。

亜美は能天気に「な～んだ！　つまらない！」と言いながらチャイムが鳴ったので前の方の自分の席に戻る。

「うわ！　なんで落ち込んでいるのかちゃんと聞かないのか〜い！」と亜美の後ろ姿に心の中でツッコミを入れる。「気になる！」と思いながらも、授業中は先生に催眠の呼吸合わせをしているので、すっかり青木のことを忘れて授業に没頭していた。

休み時間になって、席から立ち上がろうとしない青木を見て「そうだった！　青木が変だった！」と思い出す。山崎が青木に近づいて「大丈夫かよ！　青木ちゃ〜ん！」と励ますように言ったが「今はちょっと放っておいて」と青木はボソッと呟いただけ。

そんな時に担任の本間がガラッとドアを開けて「おい！　青木！　昼休みにちょっと顔を貸せ！」とだけ言って去っていった。「はい」と元気のない青木の返事は多分、後ろに座っている私にしか聞こえていなかったと思う。みんなガヤガヤ話していたのが一斉にシーンとなって、そして、青木の気持ちを察してなのか、何事もなかったかのように、再びみんなの雑談が始まった。

私は、心の中で「昼休みのバレーボール、青木がいなかったらできないじゃん！」と悲しい気持ちになっていた。バレーボールをやったらちょっとは青木が元気になってくれるかな？と思っていた。元気のない青木に思いっきりスパイクをぶち込んで悔しがる姿を見たかったのに。私が計画していたことが見事に崩れてしまった。

チャイムが鳴って先生が授業を始めたら、いつの間にかそれに集中してしまう。授業が終わると青木が私の方を振り返って「おい！　夏目、先にバレーボールを始めておいてくれ」と力のない声で言って、立ち上がって職員室へと向かった。

その後ろ姿を見ていたら、心がものすごく痛くなる。そんな私の気持ちを知ってなのか、山崎が「夏目ちゃん！　今日はスパイクを止めちゃうぞ！」と笑顔で声をかけてくれる。私は「山崎なんかに絶対に止められないから！」と自信満々に返したが「あれ？　私ってバレーボールって得意だっけ？」と混乱してくる。

だって、これまでスポーツなんてやったことがなかったのに、青木と山崎に誘われて昼休みのバレーボールを始めて、いつの間にかレギュラーメンバーになってしまっていた。山崎と青木は二人ともスポーツはなんでもできちゃう。「あれ？　青木って進学はスポーツ推薦を取れるんじゃなかったっけ？」と思い出して、山崎に聞いてみる。

すると山崎が「あれ？　知らないの？　青木のやつ、最近勉強を頑張っているみたいでスポーツ推薦じゃなくて受験するつもりみたいだぜ！」と教えてくれた。「うわ！　知らなかった！　なんでまた？」と思わず呟くと、山崎が「俺も青木ちゃんにスポーツ推薦の方が楽だって！と伝えたんだけど、うちの学校だとスポーツ推薦で行ける学校が限られちゃうから嫌なんだって」と心配そうな顔をしながら教えてくれる。

青木にしか興味がないことを悟られないように「山崎はどうするの？」と聞いてみる。すると「俺は推薦で行くことにしているから！」と大学名までちゃんと教えてくれた。山崎はいい奴だ。

でも、山崎は私の進学には興味がないらしくて、体育館に着くなり「夏目ちゃん！　練習しよう！」と私にトスをしてきて、私はレシーブの姿勢をとってボールを山崎に返す。

二人でやっていると、相手が山崎なのに一体感のような感覚を感じてしまい恋と勘違いしてしまいそうになる。

そんなことを考えていたら、他のメンバーがやってきて、みんなで輪になって、トス回しをしてウォーミングアップが終わった頃に、青木が体育館に入ってきた。

青木は力のない声で「じゃ、いつものようにチームに分かれて試合をしよう」と言ったので、いつものチームに分かれる。「あれ？　いつものチームって私と青木が同じじゃなかったっけ？」と疑問に思ったが、青木はなぜかネットの向こうにいて、私の横には山崎がいる。バレーボールが始まるが、青木が全然集中していなくて、ラリーが続かなくてこちらのチームの点数になってしまう。

青木がネットの向こう側でチームメンバーに上げたトスがなぜかこっちのコートに来て、私のチャンスボールになっていて、私は思いっきり助走をつけてジャンプをする。状態をそらして力を溜めて「バシン！」と青木に向かってボールを叩きつける。いつもの青木だったら、これくらいのスパイクはレシーブできるのに、なぜか青木の右の顔面にクリーンヒットして「痛って〜！」と言いながら倒れてしまった。

「青木！　大丈夫!?」と私は慌てて駆け寄る。「夏目～！　手加減しろよ～！」と青木が顔を押さえながら半笑いで言う。

私は「ごめ～ん！」と涙目で言いながらも「だって！　いつも手加減なんて必要なかったじゃん！」と言い訳をしてしまう。「冗談だって！　夏目ちゃん！　おかげでちょっと目が覚めたぜ！」といつもの爽やかな青木に戻っていて、ちょっとドキッとする。

体育館を後にして、教室まで歩いている時、青木が事情を話してくれた。沙知や由衣が急に頑張り出して、勉強ができなかった私まで勉強をするようになって「負けたくない」と思って受験することにしたらしい。

そして、予備校に通うようになって模試を受けたら志望校がD判定だったのでちょっと絶望的な気持ちになった、ということだった。

担任の本間にそのことを相談したら「志望校のランクを落とせ」と言われてさらに落ち込んで、さっき本間が青木の志望校よりもランクを下げた大学をリストアップしてくれていたが、夏目のスパイクを顔面で受けたら「やっぱり志望校を受けよう」という決心ができた、と爽やかに語ってくれた。

でも、私はその話を聞いていて「模試でD判定って？」と動揺した。「やばい！　私は模試を受けることを全然考えていなかった～！」と心の中で叫びを上げる。青木だって受けているのに、私が受けていないってどういうこと？とガーンとハンマーで頭を殴られたような感覚になっていた。

うわ！　私も行きたい学校がＤ判定だったらどうしよう？と思ったら、さっきの青木の状態になってしまう。青木に「どうやって模試を受けるの？」と聞きたかったが、この話の流れでは聞けない。

そもそも、自分のことしか考えていない嫌な女って思われるし。でも、私の中身は実際に嫌な女で、もう「模試でＤ判定」で自分のことしか考えられなくなってしまっている。

私は「うわ～！　模試ってどうやって受けたらいいんだろう？　まったく考えていなかった～！」とやらかした気持ちで頭がいっぱい。

教室に帰るとめざとい亜美が「あれ？　青木が元に戻っている！　何があったの？」と青木の近くに駆け寄ってくる。青木は「うるせえよ！」と言いながら、さっき、私たちに話していた話を亜美に説明していた。

亜美は「だったら夏目に催眠やってもらえばいいじゃん！」ととんでもないことを言い出した。「え!?　亜美！　何を言っているの！」と思わず立ち上がってしまった。亜美は「ほら！夏目だってやる気みたいだし！」とニヤニヤしている。

「夏目に催眠をやってもらうってなんなんだよ！」と青木が亜美にツッコミ口調で聞いている。

亜美は「青木だって知っているでしょ！　夏目の催眠で相撲部が優勝することができたんだから」と言い出した。そして、亜美の母親もお師匠さんの催眠で変わってしまって、家の雰囲気が明るくなった、と青木に得意げに説明をしていた。

そこに沙知が入ってきて「そうだよ！　私だって夏目の催眠で勉強が楽しくなってどんどん成績が上がっていったんだから」と何かの宣伝をしているような感じになってきた。青木は「いや、俺はいいわ！」と二人に言う。それを聞いて私はなぜかショックを受ける。

「いや、だってさ、夏目の力を借りてしまったら、なんだかズルをした気持ちになるから」と二人に説明をして、私は下を向いたままちょっと顔が赤くなってしまう。人の心に土足で踏み込む亜美が「だってD判定だったんでしょ！　今からじゃ難しくない？」と嫌なことを言う。

青木は「う～ん」と腕組みをして唸り声を上げる。そこへ沙知が「夏目の催眠がズルだったら私の志望校がB判定だったのもズルだって言うの？」とすごいことを言う。亜美は「え？　あの志望校B判定だったの？」と沙知に尋ねると、沙知は勝ち誇ったようにピースサインをゆっくりと掲げた。二人はお互いの志望校を知っているらしく、亜美はB判定と聞いてショックを受けているようだった。

青木はフッと後ろの席に座っている私の方を振り返って「夏目！　そんな催眠で勉強ができるようになるなんて無理だよな⁉」と私に同意を求める。青木はわざとなのか、私がボールを当てて赤くなった右の頬を向けているので、私は罪悪感とか複雑な気持ちが入り混じった状態で「アハハ！」と力無く笑って答えることしかできなかった。

するとあ亜美が「夏目～！　青木を助けてあげたっていいじゃん！」と大きな声で言う。みんなが大きな声の亜美に注目する。

ここで私が躊躇したら「相撲部や沙知に催眠をやったのにどうして青木には？」と変に勘繰られて、青木に対する特別な感情があるのでは？と疑われてしまう。そんなことを咄嗟に考えたのか、私は「おっけ～！」とアホ丸出しの声を出して両手の指でＯＫサインを作って前にいる連中に送っていた。

「夏目！　俺はどうしたらいい？」と青木が不安そうに聞いてくる。沙知と亜美はいつの間にか自分の席で、次の授業の用意をしていた。「そしたら、授業が終わったらちょっと青木の話を聞かせて」とだけ伝えて「わかった」と青木は安心した表情で前を向く。

授業の合間の休み時間に、急に担任の本間に頭に来てしまった。だって志望校を書いて提出した時に本間は「あ、そうか」と言っただけ。「模試を受けた方がいいぞ！」とか言ってくれればいいのに。なんで青木にはアドバイスをして私には何も言ってくれないの！と思ったらムカついて、だんだん悲しくなってきた。

沙知がスマホをいじりながら私の隣に来たので「本間は私の進学が夢物語だと思っているのか

な？」と呟いてみる。すると沙知がスマホの画面を見ながら「まあ、しょうがないよ！　夏目は本当に勉強ができなかったじゃん！」とグサッとくることを言う。

いやいや、沙知だって私と成績の最下位を争っていたでしょ！と言いたくなったが、その言葉は飲み込んだ。

代わりに「だって沙知の模試のことだってちゃんと本間が見てくれているんでしょ？」と聞いてみると、沙知は「私は、塾の担当がいるから本間からその講師に相談しろと言われている」と呟く。

「私には誰もいない」と不安になって言葉に出してみると、沙知が呆れた顔をして「本間は、夏目のお師匠さんを信じているんじゃない？」とすごいことを言う。「だって、本間は夏目のお師匠さんのところに通っているんでしょ！　だから余計なことを言わないんじゃないの？」と言われてぐうの音も出ない。

沙知はお師匠さんから学んだ催眠スクリプトで勉強ができるようになって、頭もキレキレになり、以前だったら馬鹿話を二人でしていたのに、いつの間にかそれができなくなってしまった。沙知のことが羨ましくなってきた。沙知がスマホから私に視線を移して「あんた、青木の催眠、どうするの？」と聞いてくる。

「私にやったみたいに、家までの道のりを聞いたり、家の中の様子を聞いて、またあの物語を書いて読んであげるの？」と言ってきた。「え？　沙知って催眠に興味があったっけ？」と聞いてみると、沙知は首を振って「全然！　だって、夏目と青木が二人っきりになって、家までの道のりや、部屋の様子を聞いているのってなんだか男子とデートをして部屋まで案内してもらっているみたいじゃない！」と恐ろしいことを言ってくる。

「そんなことをされたら青木、夏目に恋をしちゃうかも！」と誰にも聞こえないように小声で囁く。

私はそんなことを考えたこともなかったけど、改めて言われると、ちょっとドキッとする。沙知からそう言われたからじゃなくて、実は今まで私が使っていた催眠では青木に効かないような気がするのよね、と沙知に呟いていた。沙知が「え？　もっと過激なやつ？」とおかしな質問をしてくる。

「いや、全然わからない！　だから青木に色々聞いてみて、催眠のお師匠さんに相談しようと思っている」と心の内を沙知に打ち明ける。

「へ〜！　夏目って意外と慎重なんだね」と沙知が感心している。私は「青木に何を聞けばいいんだろう？」と考えている。そして「本当に青木に催眠ができるんだろうか？」といつもだったら考えないようなことを考えている。最後の授業が終わり、担任の本間が教室に入ってきて連絡事項を話している。

放課後、私は掃除当番だったので当番の人たちと一緒に机を下げて掃除を始める。掃除が終わったら、みんなさっさと帰ってしまったので、私だけ教室に一人、ぽつんと残った感じになっていた。そこへ「おい！　夏目！　終わったか？」と青木が入ってきてドキッとしてしまう。

「待っててくれたんだ！」と咄嗟に出てきたセリフが恋人に対して言っているみたいで、ちょっと顔が赤くなってしまった。「そしたら、催眠のためにちょっと色々聞かせて？」と言うと「おう！」と青木は少し照れながら、いつもの自分の席に横向きに座った。

青木の顔なんてまじまじと見たことがなかったが、こうして二人きりになって見てみると「横顔はかっこいいな〜！」と余計なことを考えてしまって慌ててスマホを取り出してメモのアプリを開く。

「青木って子どもの頃はどんな子だったの？」と私はいつもと違う質問をしていた。いつもだったら、沙知が言っていたように家までの道のりにある風景を聞くのに、なぜか今回は自分の口から全然違うことを聞いていてびっくりしてしまう。

「これって青木に興味があるから聞いているんじゃないんだからね！」と自分の中で言い訳をしている。青木は一生懸命に考えて「小学校までは神童って呼ばれるぐらいいろんなことができたんだよ」と答えた。どうやら青木は生まれた時から言葉を話すのも早くて、すぐに言葉を覚えて幼稚園の頃から足し算やアルファベットなども覚えていた、ということだった。

でも、沙知と私が入学するような高校にどうして進学しちゃったの？と聞いてみると、中学の頃にスポーツばかりやっていて、勉強を全然しなくなったらいつの間にか成績が下がって勉強についていけなくなっていた、と話してくれた。

「夏目ちゃん！　信じてくれよ〜！　本当はもっと俺は勉強ができたんだよ〜！」と青木が急に情けない声を出す。「わかったから！　そんなことは一ミリも疑ってないから！」と青木を宥《なだ》める。

催眠のお師匠さんが「客観的情報がとても大切ですよ！」とおっしゃっていたので、青木がやってきたスポーツの名前を全部聞いて、それをそれぞれどれくらいの期間、一日何時間ぐらい練習して、試合にはどのポジションで何回参加して、そして練習中や試合中に気を失ったことはないか、などの情報を聞き出していた。

青木は「え？　気を失ったことなんてないでしょ！」と答えるが「多分」とちょっと自信なさげ。「何かがおかしい！」と思ったので「だったら練習や試合で怪我をしたことは？」と聞いてみる。

すると青木は「スポーツをやっていたら怪我は当たり前だろ」と言うが「具体的な怪我は？」と質問をすると「いちいち覚えていない！」と初めて苛立った顔をした。

青木が私に怒ったそぶりを見せたことがないのでびっくりしちゃう。「これ以上、聞いちゃいけないんだろうな」と思ったので「おっけ〜！　そしたら催眠のお師匠さんに青木の力になれるかどうか聞いてみるから」と伝える。すると青木が「助かるよ！　夏目！」と今度は情けない顔になっていた。

「あはは〜！　本当に催眠が助けになるかどうかわからないけど、聞いてみるからね！」とだけ伝えた。

青木は教室から出ていく私を手を振りながら笑顔で見送っていた。「じゃあね！」と言いながらその顔を駅までの道すがら思い出したら、なんだか胸が苦しくなってきた。「なんだろう？これって？」と思いながら歩いていく。

お師匠さんのオフィスに到着するのが遅れてしまったので、お師匠さんは催眠講座の部屋で講座を始めていた。私はいつものように、受付に座って今沢さんに買ってもらった問題集を解くことに集中する。時折、お師匠さんの催眠の解説が耳から入ってくる。

以前だったら、二つのことを同時にすることができなくて、ちょっとでも雑音が聞こえてしまうと集中できなかったのが、お師匠さんの催眠を盗み聞きしていて、いつの間にか催眠にかかってしまったら、二つのことを同時にすることができるようになっていて「すごい！」と感動しちゃう。

そう、前だったら、テストの時に隣の人の鉛筆の音が気になり出したら、目の前の質問用紙に一切集中できなくなって赤点ばかり取っていた。そんな私が今ではお師匠さんの話を聞きながら、難しい問題集を解くことができて、解答を恐る恐るチェックすると正解で、自分でも信じられなくなる。

私がこんなに集中できるようになるなんて、催眠ってすごい、と思うのだけど、どうしても青木の場合は「夏目ちゃん、せっかく催眠をやってもらったのに、やっぱりダメだったよ！」という青木の悲しそうな顔しか思い浮かばない。

なんでだろう？と思いながらも、再び、問題集の難易度が高い問題に取り組み始めていた。そしたら、あっという間に時間が経っていて、催眠講座の部屋から「お疲れ様でした」という声と同時に椅子を片付ける音が聞こえて、受講者の方々が次から次へと出てこられる。

そして、最後に綺麗な女性が出てきて「あれ？　こんな綺麗な人が参加されてた？」と思っていたら「夏目ちゃん！　この前はありがとう！」と言った。「風間さん！」と私は思わず声を上げ、「先日はありがとうございました」と頭を下げる。

風間さんは「いやいや、こちらこそ本当にありがとうね」と丁寧に頭を下げてくださって、私は「とんでもない！」と慌てて手を振った。風間さんは「私、夏目ちゃんの催眠のおかげですごいことになっているんだから」と言って、講座の参加者と一緒に外へと出て行った。

「どんなすごいことになっているんだろう？」と知りたいような、知りたくないような気持ちでお師匠さんが片付けをしている講座の部屋へと入って、ホワイトボードに書いてある文字を消しても大丈夫かをお師匠さんに確認する。

お師匠さんはちょっと疲れた様子で「夏目さん、お願いします」とおっしゃったので、丁寧に消し始める。

消しながら「今日はお師匠さんは疲れているから青木のことを相談するのは無理かな？」と考えていた。そしたらお師匠さんが「夏目さん、今日は何か私に聞きたいことがあるんじゃないですか？」と聞いてくださる。「お師匠さん、なんでわかるんですか？」と私は目をまんまるくしてお師匠さんのお顔をまじまじと見てしまう。

お師匠さんは「ガッハッハ！」と大きな声で笑って「夏目さんの背中がそう語っていましたからね！」とおっしゃった。後でその時のことを考えていて「あ！　お師匠さんは私に呼吸合わせをしていたのね！」とわかってしまった。

相手の呼吸に自分の肩の動きを合わせることで、相手の気持ちが不思議と伝わってくる。緊張している人がそばにいると緊張するのと同じ仕組みで、呼吸合わせをすればするほど、相手の気持ちが伝わってくる。お師匠さんの場合は、それが瞬間的にできちゃうからすごいんだよな〜。

私は、お師匠さんに青木のことを説明し始めていた。

すると、いつもだったら笑顔で聞いてくださるお師匠さんが急に真剣な顔になって「ちょっと待っていてくださいね、夏目さん」と受付の机で私が言ったことを鉛筆でメモをとり出した。「うわ！　私の話でメモをとってくださっている！」と初めて見る光景でちょっとドキドキする。

そして、私の話が一通り終わったら、青木の身長と体重と顎の形まで聞いてきてメモにしっかり書き込んでいて「へー！　そんなことまでお師匠さんは気にするんだ！」とびっくりしちゃう。

そして、一通りとったメモをお師匠さんが眺めながら「夏目さんは面白い！」と笑顔になった。「え？　どうしてですか？」と訳もわからず聞いてしまう。

するとお師匠さんはにこやかに「夏目さんは、いつものように客観的な情報を集めて催眠のスクリプトを作ることを今回はやらなかったでしょ！」とおっしゃる。「夏目さんは、今回はどうしてそれをおやりにならなかったんですか？」と質問をされて「今回は何かが違うと思ったからです」と答える。

するとお師匠さんが「それが正解なんです」と言う。私の頭の中は「何が正解なの？」とはてなマークでいっぱいになってしまう。

お師匠さんは笑顔で「もし、夏目さんが青木さんに催眠を使ってしまって、青木さんが変わってしまった場合、青木さんとは恋愛関係になれなくなってしまうことを夏目さんの無意識が知っていたからですね」とおっしゃった。「恋愛関係」とお師匠さんがおっしゃったので私の顔が一気に赤くなってしまう。

でも、私の中のモヤモヤが一気に解消された気がした。そう、友達の沙知や由衣に催眠を使うことは全く抵抗を感じなかったけど、青木にだけは抵抗を感じていた。

それって、もし、青木に催眠を使って、その後にお師匠さんがおっしゃるように恋愛関係になってしまったら「青木を催眠で恋人にしてしまった」という後ろめたさが必ず湧いてくる、ということがなんとなくわかっていたから。

お師匠さんは「夏目さんは、さすがですね」と笑顔でおっしゃって、それから多重関係のことを説明してくれた。カウンセリングをする人が、クライアントさんという立場の人と恋愛関係になってしまったら治療関係と恋愛関係の「多重関係」という状態になるから「やってはいけませんよ」というルールがあるんです、と優しく説明してくれた。

「それって夏目さんが気がついていたように、ズルをしているとか、治療者という立場を使って搾取しているからというルール的なことだと思いますでしょ」とお師匠さんがちょっと嬉しそうに私の方を見る。「え？　それだけじゃないいんですか？」とお師匠さんに質問をすると「夏目さんはお母様と親子関係ですよね」と質問をしてこられた。「何を当たり前のことをおっしゃっているんだ？」と思いながら「はい」と答える。

するとお師匠さんは「苦しんでいるお母様を助けたい、と思った時は〝援助関係〟になりますよね」とちょっと渋い顔になる。「そうか！　親子関係なのに援助関係で多重関係だ！」と私は思わず叫んでしまう。

お師匠さんは「多重関係で夏目さんはどんなことが起きるかをちゃんと体験してきていらっしゃる」と言われて、母親から毎日のように怒鳴りつけられ罵倒されて引っ叩かれたことを思い出してしまう。そんなことを思い出してしまったら、前の私だったら涙が止まらなくなっていたかもしれない。

でも、お師匠さんの催眠のおかげでいつの間にかあの思い出が懐かしい感じに変わってしまっているのにちょっとびっくりした。

そんな心の余裕があっても、あの母親と私の関係が青木との関係で繰り返される、ということを想像した時に、ちょっと私は目の前がクラクラしてきた。お師匠さんはそんな私を笑顔で眺めながら「夏目さんはやっぱりすごい！」と優しく呟く。

「お師匠さん、私はどうしたらいいんでしょう？」と質問をしたかったけど、それがただの甘えであることはわかっていたから、それを胸の中にとどめているとお師匠さんがそれを察してくださったのか「夏目さんに、この前も中学生の女の子の催眠スクリプトを作ってもらったから、今回は私が作って差し上げましょう」と嬉しそうにおっしゃる。お師匠さんは早速、コピー用紙を出してきて、鉛筆で催眠スクリプトを書き始めた。

しばらくお師匠さんがスクリプトを書く姿を観察していた。

私のクラスメイトのスクリプトをわざわざ書いていただいているんだから、私が何か他のことをしていたら申し訳ないかも、と落ち着いていられなかった。でも、よく考えてみたら私だったら、もしスクリプトを書く時に人に見られていたら気が散るな、とも思い、問題集の続きを解くことにした。

誰もいないオフィスにはお師匠さんの鉛筆の音と、私が問題集を解きながらノートに書き込む音だけが響いている。

いつもよりも家に帰るのが遅くなるのがわかっていたから、母に「高田馬場の自習室で勉強をしていて遅くなるからみんなで先に食事をしてください」とLINEでメッセージを送った。お師匠さんと二人で、沈黙の時を過ごすことができる贅沢さに、時折、私は浸っていた。「ふぅ〜!」とお師匠さんが大きく息を吐き出して、鉛筆を置いて、スクリプトを読み返している。

「うわ!　やっぱりお師匠さんはスクリプトを書くのが早い!」とびっくりしてしまう。

お師匠さんが眼鏡を上げたり下げたりしながら、書き上げた催眠スクリプトを確認すると「はい!　夏目さん!　青木さんへのスクリプトができ上がりました」と私にコピー用紙を三つ折りにして封筒に入れて渡してくれた。

そしてお師匠さんは「私が青木さんへの催眠スクリプトを書いたのであれば、夏目さんと青木さんの多重関係は避けられるのかもしれません」と爽やかな笑顔でおっしゃった。

私はこの時のお師匠さんの「多重関係が避けられるかもしれません」の言葉の意図を正確に理解することができなかった。私は何度も「ありがとうございます」と頭を下げながら一緒に駅まで歩いていく。

お師匠さんは「それを青木さんに読むも読まないも夏目さんの自由ですからね」と別れ際に声をかけてくれた。「ありがとうございます」と再び頭を下げて、私は急いでホームへの階段を駆け上がっていく。するとちょうど電車がホームに入ってきて、私は電車に乗り込んだ。


席に座って今日の授業の復習をするために、教科書を取り出そうとする。するとお師匠さんから渡された催眠スクリプトが入っている茶封筒が手に触れて、それを読みたい衝動に駆られる。でも、今それを読んだら、催眠状態に入って何かが大きく変わってしまう気がしたので、教科書を強めに握りしめてカバンから取り出して、迷いを吹っ切るつもりで開いて授業の復習を始めていた。

駅から自宅まで歩いている途中でお師匠さんが最後に言っていたことが気になってきた。「それを青木さんに読むも読まないも夏目さんの自由ですからね」私にはお師匠さんの意図がはっきりと受け取れていた。

青木と恋愛関係になりたいのだったら読まないし、それをはっきり断ち切る意思があるのだったら読む、ということですよね、お師匠さん、と星空をお師匠さんに見立てて問いかけていた。

そんなことを考えたら、不思議と迷いが出てきた。やっぱり青木には催眠スクリプトを読まない方がいいのかな？　でも、読まないで青木の願いが叶わなくて落ち込んだ時に私はどれだけ後悔するのかが目に見えてくるようだった。

さっきまでは「お師匠さんがせっかく青木のために書いてくださったのだから、読まないわけにはいかないでしょ」と思っていたが、それで私の恋が終わってしまうと思うとちょっと後ろ髪を引かれる思いが出てきた。

そんなことをぐるぐると考えていたらいつの間にか家の玄関の灯りが見えてきた。玄関を開けて「ただいま〜！」と言うと、母親の「おかえり」という優しい声が返ってくる。遅くなるから先にご飯を食べていてね、というＬＩＮＥのメッセージはちゃんと届いたみたいで、妹はもう自分の部屋に上がっていた。父はテレビでバラエティ番組を見ていて、「おう！　おかえり」と私に手を振る。

母は、私の分の生姜焼きをちゃんとラップをかけて取っておいてくれていた。いつもだったら自分の部屋に行って着替えてから食事をするが、あまりにもお腹が減っていたので、洗面所で手を洗ってそのまま食卓に座る。

母がそんな私を見て「あら、珍しいわね」と呟きながら、ご飯をお茶碗に多めによそって、もやしの味噌汁も温めてお椀にたくさん盛ってくれる。

生姜焼きの横にはキャベツの千切りが山盛りになっている。「美味しそう！　いただきます！」と言いながら、まずはもやしの味噌汁に口をつける。優しい味噌の香りが体に染み渡っていく。

そして、豚肉に一口かぶりついて、豚肉の油と生姜の香りが口の中に広がるのをゆっくりと堪能しながら、ご飯を一口食べてみる。「美味しい〜！」と思わず叫ぶ。

父がそれを聞いて「美味しいだろ！　母さんの生姜焼きは！」と自慢げに話す。「うん！　めちゃくちゃ美味しい！」と父に同調する。

そんな時に私は母に「お父さんとお母さんはどうやって結婚したの？」と質問をしたくなっていた。父と母がどうやって知り合って、そして、付き合うことになったのか、という話を聞いた後に、青木のことを相談したかった。

でも、ここでそんなことを母に聞いたら、今の温かい家族のイメージが一瞬にして壊れてしまうかもしれない。私の余計な一言で、突然、母が父との関係に疑問を持つようになり、二人の関係がおかしなことになってこの家に不穏な空気が流れるかもしれない、と考えてしまう。

これが催眠のお師匠さんが言っていた多重関係なんだろうな、としみじみ思う。母と父の関係が壊れてしまわないように、私は母に聞きたいことを我慢してしまう援助者の役割を演じている。

本来だったら親子関係なんだから甘えて聞きたいことをいくらでも聞いていいはずなのに、援助者の役割がそれをさせない。親子関係なのに援助者を演じる多重関係で私は母との関係をおかしくしてしまった。

毎日のように母に暴言を吐かせて、そして暴力を振るわせてしまった。私がずっと被害者のように思っていたけど、お師匠さんから多重関係のことを聞いて「お母さんに暴力を振るわせて罪悪感を与えて傷つけてきたのは私だった」という恐ろしい現実が見えてきてしまった。

「うわ！　お師匠さんにちゃんと教えてもらわなければ、あの悪夢を青木とやるところだったんだ！」とあの爽やかな笑顔の青木が鬼のような形相になって私に怒鳴りつける場面を一生懸命に想像しようとしている自分がいる。

でも、母親から怒鳴りつけられていた場面は思い出されるが、青木が怒っている姿は想像することができない。鬼のような形相の青木に怒鳴りつけられる場面を想像することができたら、自分の中で青木のことを吹っ切ることができるかな？と思ったけど、そうは簡単にはいかない。

私が箸を止めて、考え事をしていたら、母が「明日香、大丈夫？」と心配そうに聞いてきた。私は首を横に振りながら「ちょっと大丈夫じゃない」と精一杯の甘えをしてみた。「何があったの？」と母は優しく声をかけてくれる。

その優しい声を聞いたら、泣きそうになってしまう。「うわ！　これが甘えるってことなんだ！」と私の心がぐらぐらと揺れる。涙がこぼれてこないように、天井を見上げて、そしてお茶碗を持ってキャベツの千切りを箸で掴めるだけ掴んで口の中に放り込む。

キャベツを飲み込んでから「始まっていない恋愛で失恋しただけ」と答えた。「恋愛」の言葉でテレビを見ている父が固まるのが後ろ姿でもわかる。母は「それは大変だったわね、私にできることがある？」と聞いてくれて、その声で再び涙が出そうになったので慌てて味噌汁に入っているもやしを口の中いっぱいに入れて食べる。

味噌が染み込んだもやしを食べていると涙がおさまってくるから不思議。そして、口の中からもやしが消えてから「話せるようになったら、お母さんに話を聞いてもらう」とだけ声を出すことができた。

母は「いつでも言ってね！」と言うので、また胸がぐっと詰まって涙が出てきそうになるので「勘弁してよ～！　優しい言葉をかけるの～！」と心の中で文句を言っていた。「うん！」とうなずいて話題を変えるために「お父さん！　模試受けていい？」と固まって背中を向けている父に声をかける。

父はひきつった笑顔でこちらを向いて「是非受けてみなさい！　塾とか予備校にも通っていいんだぞ！」と言ってくれる。「うん！　ありがとう！　とりあえず模試を受けてみてお父さんにまた相談する」と伝えると、父は嬉しそうに「わかった！　いつでも言えよな！」と答えて再びテレビ画面の方へと体を向けた。

　いつもだったらご飯をお代わりするところだが「始まっていない恋愛で失恋した」と言った手前、お代わりするのはおかしいだろ、と思って、「ご馳走さま！」と食器を下げる。母が「そこに置いておくだけでいいわよ！　私が後で洗うから」と言葉をかけてくれて、また、胸が詰まりそうになる。

「これが親子関係で甘えるってことなのか！」と私の固まっていた心が溶けてしまうような感覚になって「ありがとう」と言いながら自分の部屋への階段を上がる。その途中でお父さんが「頑張れよ！」とテレビを見ながら私に手を振っているのを横目で見てしまって、もう一度「ありがとう」と小さく呟いて部屋のドアを開け、閉ざされていた部屋の冷たい空気を胸いっぱいに吸い込む。


　朝、目覚ましが鳴った時に「あれ？　私何をしていたっけ？」と昨日あったことを思い出そうとする。模試を受けるために勉強をしなければ、と思って机に向かって、自分で決めた問題集のノルマを終わらせて、疲れて歯を磨いたら寝てしまった。

「うわ！　お風呂に入っていない！」と焦ってしまう。だって、今日、青木にお師匠さんが書いてくださったスクリプトを読まなければいけないかもしれないのに。二人っきりになるんだから、どうするのよ！とこれを理由にスクリプトを読むのを延期しようかな？と邪《よこしま》なことを考えてしまう。

延期することを考えても、どうせ私は我慢できなくなって催眠スクリプトを読んでしまうことはわかっているのだが、ちょっと抵抗してみたくなっていた。別にお師匠さんが「青木と恋愛関係になるのをやめなさい」と止めたわけではないが、誰かに止められれば恋は燃える、というのはわかるような気がする。

全然、恋愛のことなんて意識しなければ「青木に読むべきか、読まないべきか」なんて悩まないんだろうけど、意識すると悩みがどんどん膨らんでしまって、読むべきなのはわかっているのに「わからない！」と恋する少女を演じたくなっている。

これも私の青春なんだろうな〜、と制服に着替えながら考えている。駅まで歩いている途中もそんなことを考えていて「電車の中でお師匠さんの催眠スクリプトを読む練習をしようかな？」と思ったが「なんで私が青木のためにそこまでやらなきゃいけないの！」と思って、電車に乗ったらすぐにカバンの中から問題集を出して問題を解き始める。

「ガタン、ゴトン」と心地よい揺れを感じながら問題集を解いていて、フッと目を上げたら目の前にはいつの間にかたくさんの人たちが立っていた。ドアが開いて「すみませ〜ん！」と聞き慣れた声が聞こえてきて、人をかき分けて亜美が私の前に現れた。「夏目！　おはよう！」と笑顔で声をかけられて、私は慌てて問題集をカバンの中にしまい精一杯の笑顔で「おはよう！」と返す。

そして、人にあまり気を遣うことができない亜美はいきなり「夏目！　どうするの？　青木に催眠かけるの？」ととんでもない質問をしてくる。

何を言っても亜美には通じないのはわかっているし、どう答えても亜美は自分が都合のいい解釈しかしないから、いろんな意味で「ナイショ！」とわざと小声で伝える。

すると亜美が「えぇ～！　教えてくれたっていいじゃん！」と混雑した電車の中で拗ねたような態度をとり、「あんたたち付き合っちゃえばいいじゃない！」とアホなことを言い出す。

「こんな混んでいる電車の中でそれを言う？」と私は思わず頭を抱えて、左手で問題集をカバンの中から取り出して、右手で問題集を指さして「私たち受験生だからそんな暇はないでしょ！」というジェスチャーをする。学校のある駅に到着して「よかった～！」と私は胸を撫で下ろし、ジェスチャーのために出してしまった問題集をカバンにしまった。

混雑していた電車から降りて亜美と一緒に改札を出て、学校の方へ歩いていると前の方に沙知と由衣が歩いていた。

由衣は芸能プロダクションに所属して女優をやっているのでサラサラヘアで背が高くて後ろからもすぐに由衣だとわかってしまう。すれ違った人たちがみんな振り返って由衣のことを確認するので「やっぱり由衣だ！」ということがすぐにわかる。

するとと亜美が「由衣～！　久しぶり！」と走って行った。由衣も振り返って「亜美！　あ！　夏目！　久しぶり！」と走ってきた亜美と腕を掴み合って小さく飛び跳ねていた。由衣の隣に歩いていた沙知が「私は無視かよ！」と言ったので、亜美は慌てて「沙知～！　久しぶり～！」と同じことをやろうとしたけど、沙知に「うるさい！」と手を振り解かれて「えぇ～！」と亜美は呆気に取られてしまう。

私たちは亜美を置いて歩き出すと由衣が「夏目！　沙知から聞いたよ！　青木くんに催眠をかけるんだって？」と心配そうに私を覗き込む。

すると沙知が「オカンに相談したら『夏目ちゃんはそんなに催眠を安売りしない方がいいような気がするな』と言っていたのよ」と真面目な顔で言ってくる。

「あんた、そんな話をオカンとしてるの？」とつい私も〝オカン〟と言ってしまう。沙知は「いや、オカンは私が勉強に興味を持って塾に通うようになったのは夏目の催眠のおかげだって知ってるのよ！」と自慢げに話をする。

「いやいや、沙知が話さなきゃオカンは知らないでしょ！」と突っ込むと「確かに全部、オカンに話をしているかも！」と呟いて、隣に歩いていた由衣がかわいく笑い出す。そして「いいな～！　沙知のオカン！」と由衣まで〝オカン〟を使い出した。

私はちょっと気になって「え？　お母さんはどうして催眠を安売りなんて言ったの？」と聞いてみた。もしかしたら沙知のお母さんも多重関係について知っていて、それで「止めた方がいい」と言ってくれているのかも？

そしたら、沙知は「いや、オカンは、これだけ効果がある催眠には夏目になんらかの負担があるんじゃないか、と言うのよ」と言う。その横で聞いていた由衣も後ろで聞いていた亜美も「うん、うん」とうなずいている。

後ろからついてきている亜美が「うちのオカンも夏目の催眠ですごく変わったんだから！」と変なことを言い出す。私は慌てて「いやいや、私何もしていないから」と両手を振って否定する。

すると由衣が「私だって夏目の催眠がすごいってちゃんと知っているんだから。だから、沙知のお母さんが言っていることが少しわかるかも」と心配そうな顔をする。「いやいや、本当に私は何もしていないし、今回はお師匠さんが催眠スクリプトを書いてくれたから何でもないの！」とつい、お師匠さんとの会話を全部、みんな話してしまった。

すると由衣が真剣な顔で「うそ！　催眠のスクリプトを青木くんに読んだら青木くんとは恋愛関係にはなれなくなるんだ」とショックを受けたように言う。

後ろから亜美が「え？　だったらどうして由衣と沙知には問題がないの？」と余計な質問をする。「亜美、あんたそんなこともわからないの？　恋愛関係と友人関係じゃ違うでしょ！」とイラッとした感じで沙知が言う。亜美が「何が違うの？」と言った時に、由衣が「恋愛関係では搾取があり得るから」とぼそっと呟いた。

由衣がクラスメイトの拓海と恋愛関係になっていた時に散々、拓海に搾取されボロボロになって自分を見失っていたことはみんな知っていた。その恋愛関係を断ち切ることができて、由衣は本来の自分へと戻っていき、今の女優人生を歩み始めた。亜美が「由衣が言うと説得力があるね～！」と言うと、由衣は「うるさいわよ！」とピシャリと言う。

みんな由衣が大変だったことを知っていたから亜美は「ごめんなさ～い！」と舌を出して軽く謝る。沙知は「オカンが多重関係を知ってたわけじゃないけど、あながち間違っていたわけじゃないんだ。あいつの勘はすごいな～」とオカンの鋭さに感心していた。

由衣が心配そうに「それで、夏目はどうするの？」と聞いて、亜美が「そんな催眠スクリプトなんて読まないで青木と付き合っちゃえばいいじゃん！」と間に挟んでくる。

私が戸惑っていると、沙知が私の背中を叩いて「もう、夏目の気持ちは決まっているんでしょ！」と笑顔で言う。由衣が「夏目だからね～！」と言うと私以外の三人が笑顔で顔を合わせて「だよね～」と言う。私には「夏目だからね～」の意味がわからなかった。私には何もなくて、いつもただ流されているだけ。

目の前を歩く三人の流れにも流されている。それはそんなに悪いことじゃないような気がしてきた。教室に入ると沙知と亜美は由衣の席の周りに座って由衣の進路のことを聞き出していた。どうやら由衣も進学するらしい。私は自分の席で問題集を取り出して、問題を解き始めていた。

そしたら、突然「おう、夏目!」と小声で私を呼ぶ男子の声が聞こえてきた。その声で顔を上げたら、目の前の席にいつの間にか青木が座っていて、屈んで上履きを確認するような姿勢をとって、みんなに気がつかれないように私に話しかけていた。私は青木の意図を察して、できるだけ問題集を見るようにして「どうしたの?」と青木と同じボリュームで聞いてみた。

「催眠のことだけど、どうなった?」と青木がちょっと弱気な声を出す。私は「バッチリだよ!」と元気な声で答える。「そしたら、俺はどうしたらいいんだ?」と聞いてくる。「お昼休みと放課後のどっちがいい?」と青木に選択肢を与えると「昼休みはバレーボールだべ!」とサーブのジェスチャーをした。「だったら放課後に」と私が言うと「わかった!」と前を向いて机に伏せて寝る姿勢になった。

この時には私の中には迷いがなかった。あの三人との会話で全て吐き出してしまったので、すっかり楽になってしまったのか、心の中はスッキリしていて問題集に集中することができる。

そして、ガヤガヤしていた教室が担任の本間の登場でいつの間にか静かになっていた。私はみんなが本間の話に耳を傾けている時に、窓の外に浮かぶ雲を眺めていた。雲はゆっくりと形を変えながら青い空の中を風に流されていく。

気がついたら最後の授業の前の休み時間になっていて、亜美が「今日は相撲部が遠征に行っているから部室を使っていいよ！　終わったら、職員室に戻しておいてね！」と言って意味深なウインクをしながら私に鍵を渡してくれた。あっけに取られていた私が「え!?　ありがとう！」と言う間に亜美は自分の席に戻っていた。

確かに、教室だと誰が入ってくるかわからないから、催眠が途中で遮断される可能性があるのか〜、とわかって「さすが元相撲部のマネージャーじゃん」と思ってしまう。授業が終わって、私は前に座っている青木にさりげなく「相撲部の部室で待っているから」と囁いて、カバンを持って教室の出口へと向かっていく。

すると、由衣と沙知が小さく手を振って「頑張ってね〜」と声を出さずに言ってくれる。私は顔を出口に向けたまま二人に向かって小さく手を振る。相撲部の部室に着くと汗臭い男子のにおいが充満していたが、私はここに何度も来ているから慣れてしまっていた。でも、催眠の妨げになるといけないから、と思って部室の窓を開け外の空気を胸いっぱいに吸い込む。

そんな時に青木が入ってきて「夏目！　本当に催眠って効くのかよ〜！」と今更なことを不安そうな声で呟く。私は「知らない！」と冷たく言って「私は別にいいんだよ！」と青木に伝える。するると青木が「いや、ごめん」と肩をすくめる。「いいから、そこに座りなよ！」と置いてあるパイプ椅子を指さす。

青木は椅子に座って祈るような姿勢を取り「じゃあ、お願いします」と立っている私に上目遣いで言う。私はお師匠さんからもらった茶封筒をカバンから取り出して、紙を広げながら、青木の前に置いてあった椅子に座って「じゃあいくよ！」とドキドキしながら伝えた。それは自分への掛け声でもあった。

紙を広げると、お師匠さんの美しい文字が並んでいた。声を出して読み上げる前に、文章を目でなぞりながら、青木の方をチラッと見る。

すると、青木は「催眠は目を閉じるもの」と思っているらしく、私が読み上げる前に目を閉じていてまな板の上の鯉状態になっていた。そんな姿を見ながら「よっぽど困っているんだな〜」と青木の呼吸に合わせて自分の肩を揺らす催眠の呼吸合わせを始める。

そして、青木の呼吸のタイミングに合わせることができたら、青木が息を吐く時に、催眠スクリプトを読み始める。

タイトルが「細胞のひとつひとつが活性化されていく」と書いてあったので、ついそれも読んでしまう。そこから物語は始まっていた。


ある小さな男の子は身体を使って遊ぶのが大好きでした。お友達を追いかけて、そして「タッチ」をすると今度は相手が追いかけてくるので、その子にタッチされないように必死になって逃げていく。

そして、追いつかれそうになったときに「ひょい」と追いかけてきた子をかわすと追いかける子と小さな男の子から笑い声が聞こえてくる。

そして、笑いながら追いかけられていると、いつしか笑い疲れてしまって「もうタッチされてもいいや」という気持ちになって走る速度を緩めると、相手の子は嬉しそうに「タッチ」と言って男の子の前から地面の砂を靴の裏で踏みしめる音を立てながら走り去っていく。

男の子は、空を見上げて太陽の光を浴びながら、もう一度、走り去っていく子の後ろを追いかけていく。

そんな二人が楽しそうに追いかけっこをしながら遊んでいると「私も入れて！」と女の子が近寄ってきたら、それを見ていた子どもたちが「僕も入れて」と駆け寄ってきた。すると男の子は「いいよ！」と言いながら近寄ってきた女の子に「タッチ！」と軽く肩に触れて逃げていく。女の子は「わ〜い！」と嬉しそうに、女の子から逃げていく子たちを追いかけて、そして逃げ遅れた男の子に「タッチ」と軽く触れて、笑いながら逃げ回っていく。

男の子は、さっきまでずっと笑いながら逃げ回っていたけれど、今度は人数が増えたので笑いながら逃げ回る時間が減ってしまったが、みんなが追いかけ回されているのを笑いながら見ていることができる。

でも、笑いながら見ていると、いつの間にか追いかけられる立場になっていて、その立場になってみると、みんなが追いかけられているのを見ながら笑っているのとは違った笑いがでてくる。

そう、お腹から笑っているあの感覚。見ている時に笑っている時は、逃げる立場の人を応援する気持ちで笑っていたのかもしれない、って笑いながら逃げている時、一生懸命に手を振っている時に気がつく。

そう、追いかけられている時には、心から楽しくて笑っているのかもしれない。そんなことを太陽の光に照らされて男の子は感じながら走り続ける。笑いながら逃げ回って、追いかける側がいつの間にか男の子から違うターゲットを追いかけ始めたら、男の子は走って早くなっていた呼吸を止まって整える。そんな時に男の子の細胞のひとつひとつが活性化されていくのが感じられるのかもしれない。

そう、夕暮れ時になって、男の子は心地よい疲れを感じ、みんなと「またね！」と別れて、家に帰って玄関を開けた時に「タッチ」と家の中の子どもの役割の自分にタッチをする。

そして、子どもの自分はごはんを食べる自分にタッチして真剣にごはんを食べて、さらにお風呂に入る時は、お風呂に入ってさっぱりとした気分になった自分にタッチをする。

そして、すっかり外が暗くなった時間には、布団に入ってゆっくり休む自分にタッチして、タッチされた自分はいつの間にか深い、心地よい夢の中へと降りていきます。

そう、タッチをした身体はゆっくり休んで、タッチされた頭の中ではたくさんの追いかけっこが始まる。

活発になった細胞がタッチをして、そして光のような電流が笑いながら駆け巡り、そしてその光にタッチされた細胞が再び活発になって、別ルートで逃げ回り、他の細胞にタッチをする。するとその細胞が活発になって、電流を放って光のような電流が脳の中を駆け回って笑いながら逃げ回る。

タッチをして細胞のひとつひとつが活性化されると、男の子はたくさんの心地がいい夢を見る。そう、素敵な夢の中で心地がいい体験や楽しい体験、そしてこれまで体験したことがないようなことを垣間見た時に、頭の中で細胞のひとつひとつが活性化されて光の追いかけっこが活発になっていく。

光にタッチされた細胞が活性化されて、そして、他の細胞を追いかけ、そして追いついて、それまで静かだった細胞が活性化されていく。

すると、最初はシンプルだった光の道もどんどん複雑になって、新しい光のルートを編み出していく。

光のルートがたくさん編み出されて複雑になればなるほど、光の追いかけっこが楽しくなるのは、男の子が昼間に追いかけっこをしていて、タッチされそうになった時にひょいと避けた時に笑いが止まらなくなったあの感覚。

タッチされる寸前で、それまでとは違った方向に逃げることで、タッチは回避されて、そして笑いが込み上げてくる。楽しく逃げ回りながらたくさんのルートが出来上がり複雑になることで、光がタッチ寸前で別のルートを選び、複雑なルート全体が光り輝いていく。

そう、男の子が空を見上げて太陽の光を浴びた時のように、頭の中が光に満ち満ちて細胞のひとつひとつが活性化されていく。

仲間がたくさん増えて、そして、逃げ道に誰かが立ちはだかって邪魔をすればするほど、ひょいと男の子はその邪魔をすんでの所で避けて笑いが込み上げてくる。その笑いによりどんどんルートが複雑になり、光り輝いていく。

そして、細胞のひとつひとつが活性化されていき、男の子の記憶が整理されていく。そう、男の子が忘れていたような記憶のひとつひとつが丁寧に整理されていき、男の子は整理されていけばいくほど簡単に楽しく記憶を引き出すことができることを素敵な夢の中で体験していく。

一度だけチラッと見ただけのものでも、記憶が整理されていく時に、不思議とそれが男の子にとって大切なものであることに気づくことができる。

時が経って、忘れてしまったかな？と思っていても、その子にとって大切な記憶は、整理されているといつでも簡単に楽しく引き出すことができる。

そして、引き出されていくと、それまで関係ないと思っていたことでも、そんなに大切じゃない、と思っていた情報でも全て繋がっている、ということが見えてくるのかもしれない。

そう、日が沈んだ後に街の明かりで暗闇に浮かぶ星を確認するのは難しいけど、光がない暗闇に思える中では、空を見上げた時に満天の星空を確認することができる。

街の明かりで星の数が少ないと思っていたけど、暗闇では、数え切れないぐらいの星が輝いていて、星座が好きだったあの人には、星の一つ一つのつながりが見えてきて、その星座が持っている物語を語りたくなってくる。その星座の物語を聞いてみると、ただの星の光のつながりがまるで生き物のように感じられて、私の中で深い記憶として根付いていく。

根付いた記憶は、忘れてしまったようで、必要な時にふっと思い出されて私のことを助けてくれる。そう、まるで生き物のように思えた光のつながりが織りなす物語が、知らず知らずのうちに私を助けて、細胞のひとつひとつを活性化してくれる。

そんなことを幼い男の子は、深い、深い夢の中で体験しながら、ゆっくりと目覚めていきます。


お師匠さんの催眠スクリプトを読み上げた時に、私自身もいつの間にか、催眠状態になっていたことに気がついた。「うわ！　どれくらい時間が経ったんだろう？」と慌ててしまう。

そして「あ！　青木に催眠スクリプトを読んでいたんだ！」と思い出して、青木を確認すると、椅子に座ったまま頭が胸につきそうな姿勢で眠った状態になっていた。

「ちゃんと催眠から覚醒しなきゃ！」と思って「ひと〜つ！　爽やかな空気が頭に流れます！」というと青木が「う〜ん！」と目を閉じたまま頭を上げて深呼吸を始めた。

「ふた〜つ！　頭がだんだんと軽〜くなっていきます！」と覚醒の合図を送ると深呼吸をしながら青木が大きく手を上にして伸びをする。

「三つ、大きく深呼吸をして！　頭がすっきりと目覚めます！」というと青木は大きく深呼吸をして「ふぅ〜！」と言って目を開けた。

そして「うわ！　俺、寝ちゃったよ！　催眠にかかってないじゃん！　夏目！　何があったの？　俺、寝ちゃっていて夏目が話してくれていたこと全然覚えていないんだけど！」とぼーっとした様子で言っている。

私は「覚えていなくても大丈夫！　逆にその方がいいかも！」と笑顔で伝えて「催眠って効果が出るまでちょっと時間がかかるかもしれないけど、楽しみにしていてね！」とお師匠さんの書いてくださった紙を封筒に入れて、カバンの中に入れる。

青木は「おい！　それってさっき読んでいたやつだろ！　俺にもらえないの？」と寝起きのだるい感じで聞いてくる。「へ〜！　ちょっとは催眠に興味があるんだ！」と思いながらも「ダメ〜！」とあっかんべーのポーズをとってカバンを持って部室から出る。

そして、部室の鍵をかけた後に青木に鍵を渡して「職員室の部室の鍵のところに戻してもらっていい？」とかわいくお願いする。青木はぼーっとしたままで「いいよ〜！」と鍵を受け取ってそのまま職員室の方向へとふらふらしながら歩いていった。私は急がなきゃ、と下駄箱へと走っていく。

それから一週間は、何も変わった様子がなくいつもの青木の感じで目の前の席に座っていた。

そして、昼休みにいつものメンバーでバレーボールの試合をやりに体育館に行った時、レシーブの構えをしていた私の横にものすごい勢いでボールが上から叩きつけられてきた。

「チュドン！」

あまりの速さに動けなくて「何が起きたの？」と訳がわからない。隣にいた山崎が「青木ちゃん！　それやばいよ～！」と言うのが聞こえてくる。そう、私がレシーブの構えをしたのは、ネットの向こうの青木がジャンプしてアタックを打とうとしていたから。私は初めて見るボールの速さに動けなくなっていた。

やっと我に返ることができて「おい！　青木！　危ないじゃない！」と声を出していた。バレーボールの試合をやっていて「危ない」も何もないのだけど「だって、チュドン！って爆発のような音を立ててボールが落ちたよ！　ちょっとは手加減しなさいよ！」と抗議をすると、以前の青木だったら「ゴメン！　ゴメン！」と顔の前に手を合わせてポーズと取りながら言ってくれるのに「嫌だよ～ん！」とあっかんべーのポーズをとってボールを受け取って床にバウンドさせる。

「うわ！　ムカつく～！」と言うと「悔しかったらとってみろよ！　夏目！」と挑発される。

青木がジャンプしながらサーブする時に、何か呪文のようなものを呟いている。あれ？　そういえばさっきアタックする前もなんか呟いていたな、と思って青木のサーブに備えるがまた大きな音を立てて、ボールは私の横に落ちてしまった。

またしても動くことができない！　悔しい〜！と心の中で叫ぶ。次のアタックはなんとか取ることができたが、青木側のコートにボールが入ってしまった。青木がアタックをするタイミングで私もジャンプする。

そのとき、アタックをするタイミングを図るように青木が「細胞の…ひとつひとつが…活性化される」と呟いているのが聞こえてきた。そして「バシン」と私の手にボールが当たったが、私の手は弾かれてしまう。「悔しい〜！」と私は地団駄を踏み、それを見ていた山崎が笑いながら「ダメじゃん！　夏目ちゃん！　あれぐらい止めなきゃ！」と言う。「だったらあんたが止めなさいよ！」と思わず怒鳴ってしまう。

山崎は笑いながら「いや〜！　俺でもあれはちょっと難しいかな〜！」と肩をすくめる。ネットの向こうでは青木が不敵な笑いを浮かべながらチームメイトとハイタッチをしている。

私は心の中で「うわ！　私はなんであんな奴に恋をしてるって思っていたんだろう！　嫌なやつじゃん！」と悪態をついていた。その心の声が青木に届いたのか、青木はこちらを向いて「夏目！　お前には絶対に負けないからな！」と指をさされた。私は自分に指をさして「え？　なんで私？」とジェスチャーをする。

「あんたの相手は元バレー部だった山崎でしょ！」と言うと横にいる山崎が「夏目ちゃん！　勘弁してよ～！」と情けない声を上げる。すると青木が「お前だよ！　夏目！　負けないからな！」と言いながらその後もバンバン点を入れられて私のチームは惨敗状態。

教室に戻ってから、授業中に青木の様子を伺ったら、「うわ！　前のぼーっとした感じがない！」と真剣に内職をしている姿を見てびっくりした。「お師匠さんの催眠スクリプト、怖！」私はその威力を思い知ったような気分になっていて「これがプロの催眠なのね」と感動してしまう。

あの青木のちょっと優しいような雰囲気が消えていて、ものすごい集中力で「青木には勝てないかも！」という気分に私はなっていた。私もいつの間にか「絶対に青木には負けない！」と先生が書いている黒板に集中する。

集中しながらも「うわ～！　お師匠さんに見事に嵌められたかも！」と今更ながらお師匠さんに催眠スクリプトを書いていただいたことをちょっと後悔していた。お師匠さん！　私の優越感と恋心を返してくださ～い！と心の中で叫んでいた。

第 5 章

お母さんが失ったもの

授業が終わる頃に雨が降ってきて、いつものメンバーで傘をさしながら駅に向かって歩いている。傘に落ちるリズミカルな雨の音を聞きながら、亜美が「ねえ！　夏目！　青木とはどうなったの？」と聞いてくる。

するとさ沙知が「青木は変わったよね！　なんだか顔がシャープになったと言うか、かっこよくなってさ！」と亜美の下世話な質問から逸らしてくれて私は内心ほっとする。すると普段はおっとりした由衣が「うん、青木くん、前とは全然雰囲気が違っているかも」と珍しく会話に入ってくる。

亜美は「それって夏目の催眠のおかげじゃん！　だったら、この前言ってたように催眠の効果があったら男女関係の付き合いができないってことになるのかな？」さらに亜美は「青木って前は夏目に興味があった雰囲気があったけど、最近はそれが感じられないんだよね！　夏目、フラれちゃったの？」ととんでもないことを言う。

ここで沙知か由衣が助け舟を出してくれるかと思っていたら、二人とも私の顔を見て、私の回答を待っている。

「最初から付き合っていないし！　だからフラれることなんかない！」と反論したかったが、そんなことをしたってみんな納得しないのがわかっていたから、今日の昼休みのバレーボールの試合のことを正直に話してしまう。

話終わったら亜美が「ほら！　完全に恋愛対象から外れちゃっているじゃん！」と嬉しそうに言う。沙知は「亜美！　うるさいよ！」と言いながら「しかし、夏目の催眠のお師匠さんってすげ〜な〜！　だって、催眠で夏目と青木が恋愛関係になるのを見事にぶち壊したわけでしょ！」と過激なことを言う。由衣が「沙知、ぶち壊したわけじゃなくて、夏目が傷つくことから守ってくれたんでしょ！」と男性から傷つけられ続けて苦しんできた実体験に基づくパンチのある発言をする。

由衣の「お師匠さんが守ってくれた」というような言葉に私は思わず「いや、お師匠さんは私を守るために何かをしたんじゃない気がする」と言っていた。「青木がお師匠さんの催眠スクリプトで本来の自分に戻っただけのような気がする」と私は呟いていた。

亜美が「でもさ、青木が本来の自分に戻れたのだったら少しは夏目に感謝したりしていても良くない？」と言うと、沙知が「亜美！　夏目があんたの相撲部を助けた時に感謝するどころか、夏目を退学の危機に追い込んだだろ！　そのあんたがよく言えるよね！」と冗談半分に責める。

すると亜美が「いやいや、感謝してるって！　夏目の催眠がすごいと思ってお母さんに話をしたらあんなことになっちゃったんだから〜！」と半分開き直ったように言う。由衣は「私も夏目ちゃんの催眠に感謝しているよ！　でも、なんだろう？　ちょっと青木くんの気持ちがわかる気がする」と立ち止まり、みんなも立ち止まって由衣の言葉を待つ。

由衣がちょっと俯き加減で黙っていたと思ったら、顔を上げて「青木くんも結果を出して夏目ちゃんに感謝しようとしているんだと思う。だって私もそうだから」としがらみから解き放たれたような笑顔で言われて、私の胸がなぜかズキュンと恋に落ちたときのように切なく痛くなる。

亜美と沙知の二人が「おぉ～！　そういうことか～！」と納得した感じでゆっくりと歩き出した由衣の後をついていく。

駅に辿り着いて、沙知は塾の方へと歩いて行き、由衣は女優の仕事のため迎えの車に乗り込んで行った。

亜美は途中の駅で降りて、みんなで笑い合って楽しかった感覚だけが私の頭の中にエコーのように残っている。その余韻を楽しみながら私はいつものように教科書を広げて今日の復習をしていた。

雨はいつの間にかやんでいて、電車の窓の外に流れていく電柱に太陽の光が遮られてチカチカする光の感覚と、心地よいガタンゴトンという音が私の頭を整えて集中力を高めてくれる感じがしていた。

これも一つの催眠の効果なのか？　電車の中で復習をすればするほど、授業の理解が深まって、お師匠さんの受付で座って問題集を解いている時に、復習した内容が私を助けてくれているような気がしてくる。

お師匠さんのオフィスに着き、気づくと、催眠講座が終わったみたいで、ドアが開いて「皆さん、お疲れ様でした」というお師匠さんの声と共に講座の参加者が部屋から出てくる。

風間さんもいて、私を見て「夏目ちゃん！」と満面の笑顔で手を振る。私は一応受付の仕事をしているつもりなので、笑顔で風間さんに「ありがとうございました」と頭を下げる。参加者の皆さんが出ていく時に「あそこに飲みに行きましょう！」という声が聞こえてきて、みんなは楽しそうにお師匠さんの話をするんだろうなと想像を膨らませる。

最後の参加者の方が出てドアが閉まってから、部屋の片付けをしているお師匠さんのところに向かう。

折りたたみ椅子を畳んで、ホワイトボードの写メを撮ってから綺麗に消していく。お師匠さんには青木に書いてくださった催眠スクリプトを読んだことを伝えてあるので、今日の青木の変化をお師匠さんに詳しく伝える。

お師匠さんは、嬉しそうに私の話を聞いて「そうでしたか！」と予測していたことが起こって嬉しい、というような笑みを浮かべていた。思わず「あの催眠スクリプトで青木に何が起こったのですか？」と聞いてみた。

するとお師匠さんは「夏目さん、お時間は大丈夫ですか？」と心配そうに聞く。私は「大丈夫です！」と笑顔で答えた。

するとお師匠さんに「夏目さんが、バレーボールのスパイクを青木さんの顔に当てたことが今回の催眠スクリプトのきっかけになったんです」と言われてドキッとしてしまう。確かにあの時私は、ウジウジしている青木にちょっとイラッとしてしまって、顔を狙ってしまったかもしれない、という罪悪感があったから。

お師匠さんは、私がボールを青木の顔に当てた後に青木の気持ちがちょっと前向きに変化していたことを聞き逃していなかった。

要するに脳に衝撃があって、そこから青木の気分が変わったということは、幼い頃は勉強ができた青木がどんどんできなくなっていったのは「脳への衝撃の影響があるかも」とお師匠さんは考えていた。

そこで私は「あ！　青木がやっていたスポーツって頭にかなり衝撃があるかも！」と叫んでしまった。お師匠さんは「脳ってお豆腐と同じぐらいに繊細でちょっとした衝撃でダメージを受けてしまうことがあるんです。そして、一度ダメージを受けた脳の細胞は元には戻らない」といつもの優しい声で恐ろしいことをおっしゃる。

「え!?　人の体ってダメージを受けたって元に戻るじゃないですか！　でも、脳って戻らないんですか？」と信じられない思いでお師匠さんに質問をしていた。背骨や脳に存在する中枢神経というものは、体の他の組織と違って一度ダメージを受けてしまったら戻らないんです、とおっしゃる。「うわ！　怖！　私、両親から散々引っ叩かれて脳にダメージがあったかも！」と青木の問題どころではなくなっていた。

お師匠さんはそんな私の心の中の叫びを見越してなのか「でも夏目さん、脳はダメージを受けたところを他の細胞でカバーすることができるんです」とおっしゃる。ダメージを受けた細胞を他の細胞がカバーして、ダメージを受けてしまった細胞の代わりに働いている、と思った時に「だから青木があんなふうにバレーボールでスパイクを打てるようになったんだ！」と私の中で全てがつながって見えてきた。

お師匠さんは、成長ホルモンというものが眠っている間に働いて、脳の他の細胞がダメージを受けた部分を補い合って、本来の青木に戻していったと教えてくれた。

私はにわかに信じられなくて「そんなことって催眠でできるんですか？」とアホな質問をしていた。現実に青木の変化を目の当たりにしていたのに、なんで私はこんな質問をお師匠さんにしているんだろう？と思いながらも止められなかった。

お師匠さんは笑顔で「直接的な脳への衝撃でもダメージを受けますが、罵倒されたり、精神的に追い詰められても脳にダメージって受けてしまうんですよ」と言った。私にはなんとなくわかった気がした。そう、お師匠さんと出会う前は、私は全然勉強に集中できなかったし、記憶力もニワトリ並みだった。

それって両親から毎日のように引っ叩かれたり罵倒されていたから、脳がダメージを受けてそうなっていたのかも、と思ったら涙が出そうになる。なぜなら、お師匠さんの催眠のおかげで私の脳が明らかに変わっているから。

お師匠さんはそんな私を見て嬉しそうな表情で「夏目さん、催眠ってマイナスだったものをゼロにするだけじゃなくて、プラスに変えていくことも無意識の力を借りてできるんです」と教えてくださる。

私は、この時お師匠さんになんて感謝をしていいのかわからなかったが、元気よく「はい！」と笑顔でお師匠さんに返すことだけが唯一できることだった。お師匠さんと笑いながら駅まで歩いて、そして駅で別れてから電車に乗り、問題集を開いた時に「あぁ〜！　そうだよな〜！」と思わず周りの乗客を気にしないで呟いてしまった。

以前は、公式なんて全く理解できなかったし、繰り返し読んでも頭に入ってこなかった。あれって、私の脳の細胞がダメージを受けていたからそうなっていたんだ。お師匠さんの催眠を聞いているうちに、青木が唱えていたみたいに「細胞のひとつひとつが活性化されていく」と私のダメージを受けていた細胞を補ってくれて、今では勉強をすればするほどどんどん補ってくれる細胞が活発になって勉強が楽しくなっているのか。

青木に読んだお師匠さんの催眠スクリプトの中で、鬼ごっこをやっている子どもたちが「タッチ！」と追いかけっこをしていたのって、脳の細胞のひとつひとつがタッチされて補い合う姿なんだ。

そんな場面を思い出しながら心の中で「催眠ってすごい！」と叫んでいて「お師匠さんみたいになるために絶対に心理学を勉強できる大学に行くぞ！」と気合を入れて問題集に集中する。

お師匠さんの言葉を反芻していたら、あっという間に玄関の前に辿り着いた。「ただいま！」と入っていくと、母がキッチンの方から「明日香！　おかえり！」と声をかけてくれる。父はお風呂に入っているみたいで、妹は自分の部屋で勉強をしている、そんな空気が家の匂いで感じ取れる。

キッチンの方に近づいていくと母がコンロで温めている麻婆豆腐を見ながら「明日香！　まずは手を洗ってらっしゃい！」と優しく言う。

私は早く麻婆豆腐が食べたいので、カバンを食卓の妹の席に置いて、慌てて手を洗いに行き、戻ってきて自分の茶碗にご飯をよそう。

「あれ？　お母さんのお茶碗も置いてある」と疑問に思って「お母さんのご飯も？」と聞いてみると、母は麻婆豆腐を器に盛りながら「うん、少なめでお願い」と言ってきたので、父たちと食べていなかったことがわかる。母が私の席の前にどんぶりに盛られた麻婆豆腐を出して、私は思わず「うわ～！」と声が出てしまう。

母の麻婆豆腐は普通のお皿に盛られていて、私は「こんなに私がもらっちゃっていいの？」と聞くと、母は嬉しそうな顔で「いいのよ！　遠慮しないで食べなさい！」と言ってくれる。

私は「いただきます！」と言って自家製の鶏ガラスープに口をつけ「おいしい！」と唸ってしまう。麻婆豆腐と絶対相性がいい！　そして蓮華を持って麻婆豆腐を口の中に入れる。「うま！」と思わず声が出る。

程よい辛さと、味噌とひき肉のほんのりとした甘さが口の中に広がっていく。豆腐が辛さをマイルドにしてくれるだけじゃなくて、豆腐の大豆の微かな甘味が唐辛子とひき肉の旨味を引き立たせる。

さらに上にかかっている花山椒が舌にピリッと刺激を与えてくれて、食欲をそそる。蓮華を置いて、箸を持ってお茶碗からご飯を口に入れてみると、山椒でピリ辛だった中に、ご飯の甘さが広がって体全体に染み渡ってくる。

ゆっくり味わいながら食べているつもりだったが、いつの間にかお茶碗からご飯が消えていて、母が笑いながら「お代わりする？」と聞いてくれる。

私は本当に嬉しくて「うん！　ありがとう！」と何も考えずにお茶碗を母に渡す。母は「明日香が喜んでくれてよかった」と呟いていた。

私は、そんな母の後ろ姿を見て何故か胸がギュッと痛くなった。そして、ご飯を食べ終わるころに母が突然、大きく深呼吸をしたと思ったら「私、明日香に謝らなくてはならないの」と言い出した。「えっ？」と全く心当たりがない。

でも、ここに流れている空気の重さからすると、少なくとも麻婆豆腐の味付けのことではないのはわかった。「私ね、明日香が心理学に興味を持って受験勉強をしているから、本屋に行って私も心理学の本を読んでみようと思ったの」と母は話し始めた。

どうやら母は「トラウマ（心の傷が人にどのような影響を与えるのか）」ということが書いている本を読んでしまったみたい。母は「自分は心の傷なんかに影響を受けるわけがない」と思っていたらしい。

私は「あ！　お兄ちゃんを亡くした時の心の傷？」と思っていた。でも、その本に書いてあったのは「お母さんから愛情深く抱きしめられるアタッチメントがないことが心の傷になる」ということ。母はおばあちゃんから優しく抱きしめられたことがなかったという。

おばあちゃんはものすごく厳しい人で、子どもたちにはお互いに面倒を見合うように躾けていて、きょうだいからは優しくされていたが、おばあちゃんはいつも働いていて母を抱きしめることがなかったみたい。

アタッチメントがない心の傷を持ってしまうと「優しい人を拒絶してしまう」となって「自分を傷つけるような人に近づいてしまう」ということが書いてあって、母はドキッとしたらしい。母から以前に聞いたことがあったが、母は大きな会社で仕事をしている時に、たくさんの優しい男性が近寄ってきて、美味しいものをご馳走してくれていたけど、そんな人たちを拒絶して母を傷つけるような父と結婚してしまった。

おばあちゃんが倒れて半身不随になってしまった時も母が毎日のようにおばあちゃんのところに通ってきょうだいの中でいちばんお世話をしていた。私は「お母さんはおばあちゃんから愛されたから大切にしているんだ」と思っていた。

母が「そんな私のことはどうでもいいのだけど、明日香！　私、あなたが一番私のことを心配して優しくしてくれていたのに、私はあなたの優しさを拒絶して、あなたを傷つけてきてしまった」と話した時に母の目から涙がこぼれ落ちた。

でも私は、それを聞いて何も心が動かなかった。

確かに、子どもの頃からこれまでずっと母が幸せになることばかり考えてきたが、気遣いをすればするほど「生意気だ！」と怒鳴りつけられたり引っ叩かれたり「自分のこともちゃんとできないくせに」となじられて、洗っていない汚い学校の上履きを投げつけられたことだってあった。

私はそんなことをされるたびに、好かれようと努力してきたが、母の期待に応えられないダメな子だと自分を責め続けていた。それがおばあちゃんから温かく抱きしめられなかった母の心の傷から「自分に優しくしてくれる人を拒絶する症状だったたってどういうこと？」と訳がわからない。

母から謝罪されたはずなんだけど、私は胸をバッサリと切り裂かれた痛みと苦しみと胸にぽっかり穴が空いたような空虚感を感じてしまって何も反応することができない。「あれ？　これって私もお母さんから温かく抱きしめられたことがないからアタッチメントのない心の傷でお母さんの優しさを拒絶して、私を罵倒する怖いお母さんを求めてしまっているってことなの？」と混乱して思いっきり泣いた後みたいに頭が痛くなってきた。

戸惑っている私の姿が母は涙で見えないみたいで「明日香、本当にごめんなさい」と言いながら頭を下げる。そんな時に、お風呂場の方から父の足音がしてきた。

母は慌てて立ち上がって、冷蔵庫の横に貼り付けてあるティッシュボックスから何枚かティッシュを引っ張り出して涙を拭い、鼻をかむ。

父がキッチンに来た時には母は茶碗を洗っていたふりをして父に顔を見られないように背を向けていて、私だけが食卓で俯いていていた。

いつもだったら、本当に父はいつもタイミングが悪い、と思うのだろうが、今回は父に救われた感じがする。父はキッチンの方に入ってくると「明日香、帰っていたのか、なんだ？　元気がないな？」と言いながら冷蔵庫を開けて牛乳を取り出す。

私は胸に何か重いものが刺さったままの苦しい感覚で精一杯の笑顔を作って「お父さん！　元気だよ！」と言うと、歯を磨きに洗面所に向かう。歯ブラシを取ってから洗面台の鏡を見た時、「あんなに泣き虫だった私が泣いていない」とショックを受けてしまった。

母があんなに泣いて私に謝ってくれたのに、私の心は何も感じなくなってしまっている。そんなことを思いながら歯を磨くと何故かさっきの胸の苦しさが戻ってきて、嗚咽のようなものが込み上げてくる。なに？この気持ちは？と私は全く見当がつかない。顔を洗って、冷たい水で何度もすすいでみる。

すると、目に石鹸が染みてしまったのか、涙が止まらなくなってしまったので何度も涙でうるんでしまう目を冷たい水ですすぐ。それでも涙が止まらない。慌ててタオルを顔に当てたまま、食卓に置いてあったカバンを掴んで、階段を駆け上がった。

父はそんな私の姿を見て「あまり無理をするなよ！」と後ろから声をかけてくれる。そんな優しい言葉が余計に胸に突き刺さって部屋に入った途端、私はベッドの枕にタオルで覆った顔を押しつけて声を殺しながら泣いていた。泣きながら「なんで私は泣いているんだろう？」と考えている。

母に謝ってもらったが、私は母のことを悪いと思ったことはない。自分がダメな子だから母の心を傷つけて、それで引っ叩かれたり罵倒されていた。

実際に母が私を引っ叩く時に「引っ叩かなければいけない私の気持ちにもなってみてよ！」と言われたことがあり、母の気持ちを考えた時に私は絶望的な気持ちになっていた。それでも、私は母が望むような子どもになることができずに、母を苦しめ続けている、と本気で悩んでいた。

それなのになんで母が謝るの？と思ったら涙がどんどんあふれてくる。隣の部屋で勉強している恵里香の勉強の邪魔になったらいけない、と思って泣き声を殺そうとすればするほど、泣き叫びたい気持ちが止まらなくなる。

惨めな気持ちで「青木のことで調子に乗っていたからこんなことになったんだ」と後悔する。青木のために催眠スクリプトを書いてくださったお師匠さんにも申し訳ない気持ちでいっぱいになってきた。

こんな泣き虫で薄汚い私のためにお師匠さんは、あんなに一生懸命になって催眠スクリプトを書いてくれた。

何も知らない私のために居場所を与えてくれて、催眠スクリプトで勉強ができるようにしてくれたのに、と思った時に、催眠のお師匠さんの顔が浮かんできて「夏目さんは面白い！」というあの優しい声が聞こえてきた。

お師匠さんのお使いで行った田園調布の中学生の莉子ちゃんが「夏目には負けないからね！」

と言った時のあの素敵な笑顔が浮かんでくる。

今度は図書館で絡んできた今沢さんが参考書を持ってきてくれたことや、図書館からの去り際に振り向かずに爽やかにこちらに手を振っていたことが思い出されて、胸がさっきとは違った感じで熱くなってくる。

そんなことを思い出したら「あ〜！　私、あの心療内科医に責められてよく耐えたよな〜」とついこの間のことなのに懐かしく思えてきて、あの時は、ずっと私のことを責めて鍛えてくれた母に感謝したよな〜、と振り返っていた。

するとお師匠さんの講座の参加者で私に喧嘩を売ってきた風間さんが浮かんできて「最近、綺麗になったな〜」といつの間にかアホなことを考えていた。

そしたら、立ち上がれそうな気持ちになって、大きく背伸びをしながら深呼吸をして、机に向かって問題集を開く。誰に対してかわからないけど「絶対に負けない！」と言いながら、問題集を解き始める。あれ？　これってお師匠さんの催眠にかかっている？　そんなことが頭によぎる。家族が寝静まってすっかり静かになった部屋の中では、ノートに書き込む私の鉛筆の音と私の呼吸だけが聞こえてくる。

限界をちょっと超えたところで「ふぅ〜」と静かに息を吐いて、問題集を閉じる。泣いて目が腫れぼったくなっているので、また顔を洗って明日の朝には目が腫れないようにちょっと冷やしておかなきゃ、と部屋のドアを静かに開け忍び足で階段を降りていく。

下の部屋は真っ暗だった。スマホの灯りを頼りに洗面所の電気をつけてみたら「やっぱり目が腫れている！」と絶望的な気持ちになる。

今更ながら「なんであんなに泣けてきたんだろう？」と自分でも訳がわからない。蛇口を捻って目の周りを水で冷やすと、心地よい冷たさが顔に広がっていく。

このままシャワーをスキップして寝てしまいたいけど、バレーボールで青木と対戦をして汗をかいたことを思い出して「やっぱり浴びるか」とシャワーを浴びる。「あぁ〜！　こんな時に髪の毛が短くてよかった〜！」と自分の短い髪の毛に感謝したくなる。

シャンプーを流し、髪を乾かしてから、部屋に戻って電気を消して目を閉じる。目を閉じると、催眠のお師匠さんが書いてくれた、子どもたちが鬼ごっこをしている場面が浮かんできて「細胞のひとつひとつが活性化していく」と子どもたちが声をかけながらお互いをタッチしている。

いつの間にか深い眠りへと落ちて、気が付いたらスマホの目覚ましの振動が朝だと知らせてくれていた。「あぁ〜！　よく寝た！」というお師匠さんの催眠の後のような心地よさがある。みんながまだ寝ている時間に静かに学校に行く支度をして、玄関に向かうと、下駄箱の上にお弁当箱が置いてあった。

母がわざわざ早く起きて作ってくれた？と近づいてみる。すると弁当箱の上のメモに母の字で「明日香、いつもありがとう」と書いてあって、それを読んだ時に「が～ん」と昨日の夜のように衝撃が胸に響いてくる。

「私はお母さんに何もしていないのに、ありがとうって何？」と考え始めたら、また涙が出てきそうになるので、メモをポケットに入れてお弁当箱を持って玄関から出ていく。

駅までの道すがら、昨日母が言っていたことをもう一度考えようか、どうしようか？　そもそも何で私は泣いていたの？と頭の中で整理しようかと思ったが、なぜか、「絶対に負けない！」という言葉が頭に浮かんできて、スマホの単語帳を思い浮かべながら頭の中でめくっていき、歩きながら単語のスペルを確認していた。

いつもの電車に乗ると、私は空いている席に座り教科書を出して今日の授業の予習を始める。気が付いたら、いつの間にか目の前にはたくさんの人が立っていて、満員状態で「すみません！」と言いながら亜美がいつものように人をかき分けて私の方へと近寄って来て、私は慌てて教科書をしまう。

亜美はそれを見逃さず、「夏目！　受験生なんだから教科書なんてやっている場合じゃないでしょ！」と大きな声をあげる。

そもそもこんな混んでいる電車の中で私の名前を宣伝して欲しくないので「シィ～！」と口に人差し指を縦に当てるジェスチャーをすると、亜美は「いいじゃない！　気にしなくったって！」とちょっとだけ声のトーンを落としてくる。

そして「夏目！　目が腫れてる！　青木に失恋したから泣いたんでしょ！」と嬉しそうに私を問い詰めて、周りの人たちが「青木に振られて泣いた可哀想な女の子」の顔をチェックするために私をチラ見する。

亜美には悪気がないのはわかっているが、「ムカつく！」と思う私は心が狭いの？そんなことを考えながら、亜美の発言を無視して周りの人たちが私たちの会話に興味を失うのを待っていると、亜美が「まだ青木のことが諦められないの？」とすごいことを言ってくる。「亜美！　電車の中は静かにして！」と小声でちょっと厳しめに伝える。

すると亜美が「いいじゃん！　教えてくれたってさ～」と甘えたような声を出してくる。私はまた教科書を出して集中しようと下を向く。

すると亜美が「あ！　夏目！　後ろに寝癖が！」と余計なことを言うので、教科書に集中できなくなってしまう。

「亜美は本当に人の邪魔をする達人だね～」と言うと「え～？　私、青木と夏目のことは応援していたよ！」と訳のわからないことを言ってくる。

亜美とアホな掛け合いをしていたら、昨日の夜からの胸に何かが詰まったような重たい苦しさがいつの間にか消えていくような気がしていた。やっと学校がある駅に到着して、混雑している電車から出た時に「解放された～！」と思わず叫んでしまった。

亜美が「何から？」と聞いてくるので「亜美から逃げられない状況からですよ！」と答えると「ひど～い！」とぶりっこをしてくる。

後ろの方から「え？　夏目の何がひどいの？」という声が聞こえたので振り返ると、沙知と由衣が歩いてきていた。

亜美は沙知の方に走っていって、電車の中で起こったことをそのまま話し始めた。それを聞きながら由衣は「あははは」と上品に笑うが、沙知の眉間にはシワが寄っていて、耐えきれずに「あんたが悪い！」と亜美にツッコミを入れる。

「ひど～い！」と泣き真似をする亜美を置いて二人が近づいてきて「夏目、大丈夫？　何があったの？」と聞いてくれた。以前の私だったら「なんでもない！」と強がっていたはず。

でも、催眠のお師匠さんのところに通うようになって、自分の胸の内を明かす心地よさを知ってしまったからなのか、二人に昨日の夜に家であったことを打ち明けていた。私は話を続け、最後に「あの時になんで涙が出てきたのかわからない」と呟いた。

すると沙知が「なんか、夏目のお母さんにムカつくんだよね！」と言い出した。私は訳がわからず「なんで？　だって謝ってくれたんだからムカつく必要がないじゃん」と言う。いつもは黙っている優しい由衣が「そこが夏目ちゃんの優しいところだよね～」と言ってくれたが、その言葉には棘がある感じ。

沙知は「そうだよ！　夏目！　あんたは人が良すぎるんだよ！　だって考えてみなよ！　お母さんはあんたに謝って心が軽くなるかもしれないけど、あんたはこれまでお母さんのためにやってきたことが全て裏目になっていたことを突きつけられたんだから」と怒りながら言ってくれたが、私には訳がわからなくて「どういうこと？」と迷子の気持ちになっていた。

由衣が「夏目って、人の人生を変えちゃうようなあんな催眠を使うことができるのに自分のことはからっきしわからないのね」とちょっと安心したような声のトーンで言う。そして「でも、夏目の気持ちもわかるな～、私だって付き合っていた拓海のために頑張っていたのが全て無駄だった、と認めた時にものすごいやるせない気持ちになったもん。あんなに散々傷つけられたのに、それには意味がなかったって。傷つけられたら愛してもらえると思っていたけど、それが全て無駄だったって認める時にものすごく苦しかったから」と悲しげに言う。

由衣を傷つけてきた拓海と私の母親が同じである、ということは認めたくなかったけど「認めたくないってことは同じなんだ」ということがなんとなくわかってしまった。

自分の都合のいいように由衣を散々振り回していた拓海に私たちは怒りを感じていたが「あの

拓海と私の母親が一緒」と認めてみたらちょっと胸が軽くなった感じがしてきた。後ろで亜美が「子どもに謝罪できる母親はどんなに偉大か」という講釈をしていて、沙知と由衣はそれを聞き流していた。

沙知は「夏目が受験で今一番大変な時期に、お母さんが自分だけ楽になるために、夏目に負担をかけるのはちょっと許せないかも！」と言ってくれた。沙知は、ずっと私が泣いて腫れた目で学校に来ていたことを知っていたから。

母から罵倒されて泣いていた、ということは恥ずかしくて言えなかったけど、今回のこの話で沙知はこれまで見てきたことが全てつながったみたいで「それは許せない！」と怒っている。由衣は「夏目は大丈夫だよ！」と怒っている沙知の肩を優しく抱きしめる。

沙知が制服のシャツの袖で目を擦り、袖には涙のしみができていた。「え？ なんで沙知が泣くの？」と訳がわからない。歩きながら泣いている沙知を由衣が背中を撫でて慰め、そこへさっきまで母親の味方をしていた亜美も駆け寄ってきて、沙知を横から抱きしめ、亜美も泣き出してしまった。

当事者の私はその三人を見て呆気にとられて何が起きているのかわからない。

そんな私に対して、沙知は「夏目は私たちのことを催眠で助けてくれたけど、夏目が苦しんでいる時に私たちが何もできないと思うと悔しいんだよね！」と言った。私はそれを聞いて涙があふれてきて「いや、あんたたち十分にしてくれているから！」と空を見上げて涙がこぼれ落ちるのを止めようとする。

突然、白いシャツが近づいてきて、私を優しく抱きしめた。その上にあるサラサラした髪が顔に触れた時に由衣が私を抱きしめてくれたことがわかる。

そして、その横から力強い腕の力で私の背中に手を回して抱きしめてくれたのが沙知だと感じられる。亜美も私の後ろから抱きついてきて、私の背中が温かい水滴で湿ってくるのを感じていた。

「亜美！　私のシャツをハンカチがわりにしないで！」と言うと、亜美が「ひど～い～！」と言って、私の背中から離れてハンカチを取り出して涙を拭う。

沙知と由衣はそんな姿を見ながら自分たちもハンカチとポケットティッシュを取り出して涙を拭きながら笑っている。私も涙が止まって、みんなと一緒に笑顔で歩き始めた。

四人で教室に入ると青木が机に向かって何かを一生懸命にやっているので、そばに近づいて見ると赤本でびっくり。

青木がやっている赤本をチェックしてみると結構ページが進んでいる。

「あれ？　あの問題見覚えがある」と思って、もう一度、青木の赤本をチラ見したら「え？　私の受験する学校と同じ？」で目をぱちくりしちゃう。「これって偶然なの？」と私は、どのように解釈したらいいのかわからなくなっていた。

そしたら、青木が、私が覗いていたのに気づいていたみたいで、「夏目！　絶対にお前には負けないからな！」と呟いた。「うわ〜！　なんなの？　こわ〜い！」と私は席に座りながら思わず青木に聞こえるように独り言を言ってしまう。

私の中に焦る気持ちがわいてくる。

その時、亜美が青木に近づいてきて「青木！　何やってるの？」と覗き込む。青木は顔を机から上げずに「亜美！　あっちへ行け！」と近づいてきた犬を追い払うような仕草をする。亜美は「ひどい〜！」と私の横の席の由衣に訴える。そんな亜美が「あれ？」と、まじまじと青木の赤本を覗いて「これって夏目と同じ大学じゃん！」と言う。

それを聞いた由衣と前の方に座っている沙知が一斉に私の顔を見る。

私はジェスチャーで「いやいや！　知らないって！」と二人に伝えた瞬間に青木が「いいじゃねえか！　どこだって！」と顔を上げて目の前に立っている亜美に面倒くさそうな表情で言った、のだと思う。

私は後ろからその顔は見えなかったが、亜美が「まぁ、そうだよね」と顔を引きつらせながら引き下がったので、青木のその表情はよほどインパクトがあったのだと思う。

青木が私が目指している学校を受験することがわかって「絶対に負けられない！」と焦る気持ちから、私も問題集を出した。青木の真似をしていると言われようが、この授業までの短い時間を無駄にはできない。

昼休みのバレーボールだって、お師匠さんの催眠をやる前は、私は青木の打つスパイクを七割はうまくレシーブできていたのに、青木にスクリプトを読んでからは三割も打ち返すことができなくなっていた。

「勉強も青木にもう勝てないのかも！」と考え出したらドキドキする。あのお師匠さんが書いた催眠が青木の志望校にも影響している？とお師匠さんを疑い始める。

だって、青木は私が受験する大学には一切興味を持っていなかったはず。まさか、青木も催眠で心理学に興味を持っちゃったわけ？と閃いた時に、担任の本間がドアを開けて「はい！　みんな着席しろ！」と声をかけた。

教室の中が一気に静かになった。授業が始まっても、多くの生徒たちは受験に向けての内職をしているが、目の前に座っている青木は集中して授業を聞いてノートをとっている。その集中力がビリビリとこちらに伝わってくる感じがあって、青木が「昔は俺は勉強ができたんだ」と言っていた意味がはっきりとわかった気がした。期末テストでこりゃトップの沙知を抜かすんじゃないか？と予測ができるぐらいすごい集中力。

そんな余計なことを考えていたらあっという間に三時限目が終わる。

昼休みにバレーボールをやるメンバーはこの一〇分休みで昼ごはんを済ませてしまうので、私も、作ってもらったお弁当を青木の背中を盾にして広げて食べ始める。前に座っている青木も買ってきた調理パンを食べ始めて、私の方を振り返り「夏目！　何を食っているんだ？」と私のお弁当箱を覗き込んでくる。

私は一〇分でお弁当を食べて歯を磨きに行かなければいけないので「作ってもらったお弁当！」とだけ言って急いでご飯を頬張る。「うまそうだな！」と言いながら青木は次のパンを袋から取り出して、食べ始める。

青木が最後の一口を食べ終わって「俺の方が早い！」と立ち上がったので、私も慌てて最後の一口を食べ、お弁当箱をカバンにしまって歯ブラシを片手に廊下へと走っていく。

午前中の最後の授業終了のチャイムで多くの生徒は一斉に食堂へと向かっていく。バレーボールをやるメンバーは学食とは反対の体育館へと向かっていく。

みんなと一緒に学食で焼きそばパンを食べていた頃が懐かしいな～、と歩きながら考えていると青木が近づいてきて「おい！　何を悩んでいるんだよ！」と声をかけてくる。

焼きそばパンを食べたいな、と考えていたことを青木に伝えると「夏目は食べることしか頭にないんか？　さっきあんなでっかい弁当を食べたばかりだろ！」と言われてちょっと恥ずかしくなる。「だって、焼きそばパン、美味しいんだもん」

青木は「あはは！　しょうがねえ奴だな〜」と爽やかに笑って、体育館の中へと走っていく。

他のクラスのメンバーも続々と集まってきてチームが揃ったら、試合が始まる。以前は、相手チームだった山崎が「夏目ちゃん！　今日こそは青木をギャフンと言わせようよ！」と私にボールを渡してくれる。

サーブを打つ。相手チームのレシーブで青木にトスが上がる。青木が綺麗なジャンプをして何かを呟いたと思ったら、「チュドン！」とボールがすごい勢いで私の横に叩きつけられる。

青木のアタックがあまりにも高くて速くて痛そうで私は動けなくなって「悔しい〜！」と唇を噛み締める。

「夏目ちゃん！　ドンマイ！　ドンマイ！」山崎が励ましてくれて、他のメンバーも「ドンマイ！」と声をかけてくれるので「次こそは！」と打たれたボールに飛び込んでいくが、私の失敗で何度も点数が入れられてしまった。みんなは「ドンマイ！」と励ましてくれて、胸が熱くなる。

青木がアタックを打った。「今度こそ！」ようやくチームにレシーブを渡すことができて「あれ？　青木、ちょっと手加減した？」と思ってしまう。チームメイトの山崎に完璧なトスが上がって、山崎がジャンプをし、綺麗なスパイクが決まった。「わ〜い！」とみんなでお互いの手を合わせる。

私はすっかりバレーボールに慣れて忘れていたけど、「私には催眠があった！」ということを思い出して、さっきからネットの向こうの青木に呼吸合わせをしていた。

相手の呼吸に合わせることで、私は無意識の力が使えるようになって、普段の私ができないようなことができちゃう。運動が苦手だった私がここまでみんなと一緒にバレーボールを楽しめるようになっているのもこの催眠の呼吸合わせのおかげだった。青木の呼吸に合わせて自分の呼吸を整えていく。

するとあんなに強烈な勢いを感じていた青木のスパイクをちゃんと受け止められるようになっていた。

そう、催眠の呼吸合わせをすると、合わせた相手の能力を使えるようになる。さっきまで青木のスパイクにビビっていたのにいつの間にか受け止められるようになっていた。私は上げられたトスに向かってジャンプをして「ズドン！」と青木のすぐ脇にスパイクを打つ。

青木は上体を低くして私の渾身のスパイクをみごとにレシーブしてしまって「悔しい！」となるが「催眠、催眠」と思いながら、青木の呼吸に合わせる。そんなことをやっていたら、いつの間にか昼休みの終了一〇分前のチャイムが鳴った。

周りを見たら、結構な人数が見学していて「こんなたくさんの人に見られていたの？」と恥ずかしくなる。

女の子が多いから青木とか山崎が目当てなのかもしれない。そんなことを思いながら、教室へと向かった。

午後の授業の途中から雨が降ってきていて、窓を滝のように濡らしてポプラの木の葉をザーッといわせていた。雨音で外の音が遮断されて、先生の声がいつもよりはっきりと聞こえる気がする。

心地がいい運動の後の頭はクリアになっていて、授業に集中しているとあっという間に午後の授業は終わってしまう。教科書をカバンの中にしまっていると、担任の本間が入ってきて、何かを喋っているが、私は全然それを聞き取れなかった。

ぼーっとしていると、みんなが席を立つ音がして、沙知が「夏目！　ぼーっとしてないで帰るよ！」と声をかけてくれた。由衣と亜美が後ろからついてきて四人で傘をさしながら校門の方へと歩いていく。

校門の前には黒い高級そうなミニバンが止まっていて、その前にスーツを着ている男性が傘をさして立っている。

近づくと、由衣に挨拶をしていたので事務所の運転手であることがわかった。由衣は「これから仕事なんだ」とちょっと後ろめたそうに言う。由衣は「夏目！　応援しているからね！」と言いながら手を振って傘を畳んで車に乗り込む。車のドアが自動でゆっくりと閉まっていく。

「私も夏目のことを応援しているからね！」と沙知が私のちょっと雨で湿ってしまった背中をバンバンと叩き、「塾があるからまたね！」と去っていった。亜美は珍しく喋らずにニコニコしながら歩いている。もしかして亜美は私が二人から「応援しているね」と言われた言葉でちょっと胸が重くなっていることがわかっているのかもしれない、と疑いたくなってしまう。

応援されるということは、あの二人が朝に言っていた「ひどい母親」と対峙しなければいけないのかという気持ちになる。いや、もしかしたらそんな深い意味は全くないのかもしれない。母と向き合ってしまったら、せっかく食事やお弁当を作ってくれている心地よいこの環境が壊れてしまうようで怖い。

毎日のように母親から罵倒されて引っ叩かれるのが現実で、今のこの状況は私が作り出した夢なのかもしれない、と現実に引き戻されるかもしれない恐怖に怯えながら生活をしていることを認めたくない。

駅に着くと亜美が傘に付いている水滴を振り払いながら「私も夏目のことを応援しているよ！」と言ってくれた。

「でも私は知っているんだ！　夏目が大丈夫ってこと！」と思わせぶりに言う。そして、「だって夏目には催眠があるでしょ！」と言った。私は「ガーン」と頭を叩かれたような衝撃があった。

「だって、私のお母さんも夏目の催眠のおかげであんなに変わったんだから」と嬉しそうな笑顔で言われて、その笑顔に私は恋をしそうなときめきを感じてしまう。

「お母さんがあんなに変わった」と言われてもどんなふうに変わったのかは聞かされたことがないから全然わからない。

でも、今の亜美の笑顔の輝きから、亜美のお母さんが呪縛から解放されていることが見て取れて、私は思わず「よかった～」と呟いてしまう。亜美は「みんな夏目のおかげだよ！」と言う。そして「ごめんね！　色々迷惑をかけちゃって！　感謝しているから夏目の催眠を広めたかったし、夏目の恋を成就させてあげたかった。でもそれで私って余計なことをしちゃうんだよね！」と亜美らしからぬことを言う。

「私も亜美に感謝している」と自然に言葉が口から出ていた。亜美のおかげでいろんなトラブルに巻き込まれるけど、不思議とそれが私を成長させてくれている気がする。

そんなことを思った次の瞬間、亜美が「でもさ、青木って夏目を振ったはずなのにどうして同じ学校を受験しようとしてるのかしらね？」と感謝して発した言葉を後悔させるようなことを言う。私は拳を力一杯握りしめて「亜美～！」とブルブル震わせる。「ゴメン！　だって気にならない？」と懲りずに余計なことを言ってくる。

そんな時に電車が入ってきて私はその話題から解放される。亜美は途中の駅で降りて「じゃあね～！」と明るく手を振っていた。

お師匠さんのオフィスがある駅に到着して傘をさしながら坂道を登る。オフィスのドアを開けると「夏目さん、お疲れ様です」とお師匠さんがにこやかに挨拶をしてくれた。「うわ！　先生、面接の方は？」と変な声がけをしてしまった。

いつもだったら、カウンセリング中で受付にいないはずのお師匠さんが受付にいたのでびっくりしてしまった。

「ちょうどこの時間が空いていたんです」と笑顔でおっしゃる。私はカバンを受付のカウンターの下に置いて、お師匠さんのいる横の席に腰掛けた。

不意にお師匠さんが「夏目さん、なにか変わったことが起きましたね？」と聞いた。

私は「そうなんです！」と昨日の夜、母親から言われたことで涙が止まらなくなったこと、そして、それを友達に話した時に友達から言われてショックを受けたことを話してみた。お師匠さんは「ホォ〜！」とか「ウン、ウン」と興味深そうに相槌を打つ。

お師匠さんは私に呼吸合わせをしながら相槌を打っているので、私はいつの間にか催眠状態になっていて「あれ？　あんなに悩んでいたのに、どうでもいいか」と思えてくるから不思議。話が一通り終わると、お師匠さんは満面の笑みで「夏目さんは面白いですね〜」とおっしゃった。

お師匠さんは、立ち上がってコピー機から何枚かコピー用紙を持ってきて、受付のテーブルの上に置き、いつも使っている鉛筆を取り出した。「何かを書いて私に説明してくれるのかな？」

とちょっとドキドキする。

でも、お師匠さんは、黙って紙に向き合って、唇の右側からちょっと舌を出した感じで、鉛筆で紙に文章を書いていた。

「あれ？　お師匠さんは仕事を始めちゃった！」と期待した自分が恥ずかしくなる。私は黙ってカバンの中から問題集とノートを取り出して、お師匠さんの横で問題集を解き始める。お師匠さんの鉛筆の心地いい音が聞こえてくる。

どれくらい時間が経ったのだろう？　しばらくしたら「こんにちは！」と催眠講座の受講者さんが入ってきた。私は立ち上がって挨拶をするが、お師匠さんはまるで聞こえていないような感じで書き続けている。

そんなお師匠さんを受講者さんは、小さい声で「先生、お仕事中？」と私に確認してきたので「そうみたいです！」と私も囁き声で返す。それから三人ぐらいが固まってやってきて、男性が「こんにちは！　お！　先生、珍しく仕事をしているじゃないですか！」と失礼なことを大声で言うが、お師匠さんは顔を上げずに真剣に書き続けている。

次から次へと受講者が挨拶しているうちに、とうとう最後の受講者の方が入ってきて、そろそろ催眠講座の開始時間という時に、お師匠さんが「ふぅ～！」と顔を挙げて両腕を真上に上げて背伸びをした。

そして、書き上げた紙をトントンとまとめて、「夏目さん、それでは受付をお願いします」と、受講者たちが待つ部屋へと入っていった。私は問題集を解きながら、時々、講座を盗み聞きする。するとお師匠さんの「今日は私が書いた催眠スクリプトを皆さんに紹介しましょう」という声が聞こえてくる。

「えっ？　お師匠さん！　催眠スクリプトを読み上げたら皆さんが寝ちゃうじゃないですか！」と受付で私はヒヤヒヤする。だって、催眠講座に来られている皆さんは催眠療法が使えるようになるために来ているのに、お師匠さんに催眠スクリプトで催眠をかけられちゃったら、催眠療法の勉強にはならないんじゃない？と心配し始める。そんな心配をよそにお師匠さんは催眠スクリプトを読み上げ始めた。

「ある幼い子どもがハイハイができるようになって、自分の意思で一つのところから別のところまで移動できるようになります」とお師匠さんが読み上げた時に私は「あ！　それってさっきお師匠さんが書いていたやつだ！　この講座のためにお師匠さんは書いていたのかな？　それだったら私が話をしちゃってお師匠さんの仕事の邪魔をしちゃっていたのかも？」と不安になったところで、お師匠さんの催眠スクリプトが続いた。

その幼い子は、ハイハイをする時に、手を握りしめたままハイハイをしていたんです。周りの大人たちがハイハイしている幼い子どもの上の方から「手のひらを使った方がいいのに」と呟いている声が聞こえてきます。

確かに利き手を握りしめている手の方からは、木の床に手があたるたびに「コツ、コツ」という硬い感触を感じて、手を開いている反対の手では「ペタッ、ペタッ」という、床から伝わってくる冷たい感触を手のひらで柔らかく確かめることができる。

そんなふうにハイハイしている時は、大人たちの足しか見えてこないけど、時折、床に座って上を見上げてみると周りにいる人たちの姿全体を確認することができる。そして、上の方で話をしている人たちの会話もちゃんと聞こえている。

利き手を握りしめて床を這いつくばっている私には興味がないと大人が思って話していることでも、私にはちゃんと聞こえてきて、その耳から入ってくる言葉や言葉から伝わってくるいろんな感覚で、私はいつの間にか自分が見たことのない世界のことを学んでいたのかもしれません。

幼い私は、大きな人から抱きしめられた時に、自分が思っていることを相手に伝えようとしてもうまく言葉にならない。だから、優しく抱きしめられたい時に、そのように言葉にできたらな、と大きな人を見ながら思うんです。

そして、自由にハイハイしている時に「そのまま自由にさせておいて欲しい」という時も、ちゃんと言葉にすることができたら。

そう、大きな人たちは自由に言葉を使っているんだから、相手に自分が求めていることをちゃんと言葉で伝えられて自分が欲しいものを手に入れられる、と大きな人たちを眺めながら思っていたんです。

でも、私が握りしめている大切なものを言葉にしてしまったら、それが私の握りしめた手から消えて無くなってしまう、という不思議な感覚が私にはあったのです。

そう、言葉にできたら自分が求めていることを大きな人にわかってもらえる言葉で伝えて叶えてもらいたい、という気持ちはあるんです。

それでも、私が握りしめている大切なものは、言葉にして伝えたら、私の握りしめた手からいつの間にか消えてしまう不思議な感覚。それは、大きな人に抱きかかえられて私がしがみついた時に、握りしめた手を開いてもそこに何も入っていなかったからなのかも。そして、大好きなおもちゃを目の前にした時に、いつも大切なものを握りしめていた手のひらを開いて、おもちゃを掴んでしまったから。

そう、私には「大切なものを握りしめている」という感覚がしっかりと私の中にあるんです。

そして、手のひらを開いて、他のものを握っても、それを手放して、再び私がその手を握りしめた時に大切なものを握りしめている感覚がちゃんとそこにある。

大きな人たちは、私が握りしめてはいけないもの、口にしてはいけないものを握りしめているのでは？と思ったみたいで、何度も私を抱きかかえて私の握りしめた手のひらを開いて中を確認しようとしたんです。私の小さな、小さな指を一本一本優しくゆっくりと開いていってもそこには何も入っていない。大きな人たちは、その瞬間は安心した表情を見せます。

そして、次の瞬間に「この子は他の子とは違った特徴があるのかも」とある表情を浮かべたんです。私は、利き手に大切なものを握りしめハイハイしながら、それを聞いていてあることを感じていたんです。それは、もちろん私が握りしめている大切なものを言葉で伝えられない、というあの感覚だったのかもしれません。それとも言葉で伝えてしまったらやっぱり握りしめていた大切なものが消えてしまう、という確信だったのかも。

そう、大きな人たちも大切な場面で、大きな手で大切なものを握りしめているのに、その手のひらに乗っている大切なものに気がついていない。真剣な表情でその手をしっかりと握りしめている時に、それは大切なものを握りしめているんだ、という感覚はもしかしたら持っているのかもしれない。

でも、こうしてハイハイをする時でも大切なものを握りしめながら、床の硬い感覚を握りしめた拳で確かめている私の方が「大切なものを握りしめている」という感覚が大きな人よりも強い、と思っている。そんな時に私は「いつからこの大切なものを握りしめてきたんだろう？」と振り返ってみたくなったんです。

振り返って、私の手のひらの感覚を確かめていくと、あの大きな人のお腹の中にいた頃から大切なものを握りしめながら、少しずつ大きくなってきた記憶が蘇ってくる。少しずつ、あの薄暗い暖かい場所で成長している時に、私は大切なものを握りしめながら、外から伝わってくる、いろんな言葉や感覚をたくさん吸収してきた。

そして、時期が来て、外の明るい光にさらされて「私はここにいる！」と言葉にならない産声をあげた時も、私は手のひらをしっかりと握りしめていたあの感覚が蘇ってくる。

大きな人たちは、自分たちが守っているから私が大丈夫になっていると思っている。でも、本当は私がいつもちゃんとしっかりと大切なものをこの小さな拳で握りしめているから大丈夫なことを知っていた。そんなことを私が思っていると「この大切なものを握りしめていることを私はいつしか忘れてしまう」そんなような感覚になっていく。

いくつもの眠りを重ねていくたびに、握りしめていた大切なものの存在が私の中から忘れ去られてしまうような不思議な感覚で眠りに落ちていく。深い、深い眠りの中に入っていっても私は大切な何かを握りしめていた。

私は、それが何なのかを確かめたくなって、私は手の指の一本一本の力をゆっくりと緩めて段々と握りしめていた手のひらを開いていく。

開いてみると、そこには言葉があった。幼い私には大きな人たちが書いているような文字はわからないが、手のひらにあった光は私にとって一筋の言葉でした。その光のような言葉はよく見てみると、一本の線になって上へ、上へと繋がっている。

それはもしかしたら、空に浮かぶ大きな雲が割れた時に、その隙間から光の柱が地上へと真っ直ぐに降りてくる、あの光だったのかもしれない。地上を照らして温めてくれる太陽の光を遮っていた、大きな、大きな雲の隙間からその光が漏れてきた時に「あそこにいって光に当たってみたい」と幼い私が思ったのは、私の手のひらにもしっかりと握りしめた光があったから。

そして、大きな雲が風に流されていき、やがて太陽の光が私を照らした時に、私は「眩しい」と目を閉じた時も瞼の裏でその光を感じることができる。

その時に私は、あの雲の切れ間から光の線が地上を照らして光り輝かせているあの光が私に当たっていたことを私は手を握りしめて感じていた。雲の切れ間からの特別な光が私を照らしていて、そして、瞼を閉じてそっと目を開けた時に、その隙間から一筋の光が私の中へと差し込んで私の中を照らしていく。

その光が私の中を照らした時に、私が握りしめていたあの一筋の光の言葉はみんなと違っていた、ということに気づいてしまったのかもしれません。そう、同じお日様の光だから、誰がその光を握りしめても一緒、と私は思っていた。

でも、朝早くお日様が登る時の空のあの色と、てっぺんに登っているときの光の色が違うように、人がその光に照らされて、その光を握りしめてもその光の指し示す言葉は一人一人違っていいのかもしれない。

そして、眩しい光で目を閉じてしまっても、うっすらと瞼をほんの少しだけ持ち上げてみると、あの雲の切れ間から光の筋がさすように私の心に一筋の光が私の中を照らし、私が握りしめていた言葉を思い出させてくれる。

この言葉はいつから私の中に刻まれていたのだろう？　そんなことを思いながら私は軽く私の手を握りしめたときに、その指先なのか手のひらなのか、「ドク、ドク、ドク」と一定のリズムを刻む感覚を感じていた。

これは光を握りしめているから、光から伝わってくるリズムなのかな？と思って手をぎゅっと握りしめてみると、さっきまで感じられていたリズムはどこかへと消えてしまう。そして、ゆっくりと手の力を抜いて優しく光を握ってみると再び「ドク、ドク、ドク」とそれに注目を向けているると安心できるリズムが軽く握りしめた手から伝わってくる。

そんな時に私はゆっくりと手のひらを開いてみたんです。すると、私の吸う息と吐く息とともに、私の胸があの素敵なリズムを刻んでいることを確かめることができる。そんなことを確かめていると、私はあの光の言葉が私を照らしてくれていることを感じるのかもしれない。

みんなを照らしている光は同じに見えるけど、その光が示す言葉はみんな違っていていい。その言葉はいつでも私の中を照らしてくれている。

そして、手を握りしめた時に、私を照らしてくれるその言葉はいつも私とともにいてくれる、ということを思い出させてくれるのかもしれません。

「ひと〜つ！　爽やかな空気が頭に流れていきます！」とお師匠さんの声が聞こえてきて私は

「しまった！　また寝てしまった！」とぼんやりとした頭の中でちょっとだけ焦る。

「ふた〜つ！　体全体に爽やかな空気が流れていきます！」とお師匠さんの安心感のある声が壁

越しの私に響いてきて、私は目を閉じたまま大きく息を吸う。

「三つ！で大きく深呼吸をして！　頭がすっきりと目覚めます！」という声で私も深呼吸をして目覚めた時に「あれ？　なんで私のシャツがちょっと濡れているの？」とびっくりする。目の下を触ってみたら「うわ！　涙で濡れていたんだ！」と自分でも驚いてしまう。

お師匠さんの催眠スクリプトの内容は最初の頃の赤ちゃんのハイハイの部分しか頭に残っていないのに？　時計を見てみるとお師匠さんの催眠講座の中盤になっている。

「どうしてお師匠さん、そんなに長々と催眠スクリプトを読んだんですか〜！　勉強しないで寝ちゃったじゃないですか〜」と心の中で文句を言っている。

お師匠さんが「催眠スクリプトを読み上げる時は、相手の呼吸に注目しながら、読むと、催眠状態に入れます」と言う声が聞こえてくる。寝起きのような状態のぼんやりしている頭で問題集に注目してみたら「今からでも取り返せるかも」とニヤニヤしちゃう。

さっきまでお師匠さんに心の中で悪態をついていたのになんで自分が問題集を解きながらニヤニヤしているのかわからないが、真剣な表情で解いているよりもスラスラと進んでいるような気がしていた。

あっという間に時間が経って「それでは今日の講座は終了となります」とお師匠さんが参加者に伝えて、皆さんが「ありがとうございました！」と言う声と共に雑談が始まった。

皆さんが出ていくのを送り出し、お師匠さんが椅子を片付けるのを手伝う。するとお師匠さんから「夏目さん、どうでしたか？」といきなり質問をされたので「なんのこと？」と一瞬戸惑ったが、お師匠さんが書いていた催眠スクリプトのことだ、と思って「私、気がついたら催眠状態で気を失っていました！」と申し訳なさそうに答えた。

そのセリフは、部屋から出てくる受講者の人が他の受講者に言っていて、私がそのセリフをそのまま借りてしまったのは「お師匠さんのスクリプトを聞きながらそのまま寝てしまって泣きながら起きた」とは言えなかったから。

お師匠さんは嬉しそうな顔で「そうですか」とだけおっしゃって、コピー用紙に書いた催眠スクリプトの紙をトントンと揃えて部屋から出て行った。

私は「うわ～！　寝ていたからその催眠スクリプト読んでみたいな～」と喉まで言葉が出かかったが、なんとか留めた。自分で読んで寝ちゃったら勉強どころじゃなくなるじゃない！と自分を戒めていた。

受付に戻るとお師匠さんはさっきの催眠スクリプトの紙をファイルの中にしまっていて、ちゃんと私の気持ちが伝わっていたみたいで「夏目さん、いつでも読みたい時に読んでいいですからね」とおっしゃった。私は嬉しくて「ありがとうございます！」と頭を下げる。

帰りの電車のガタンゴトンという音を聞きながら、問題集を広げた時に「あれ？　お師匠さん、あのスクリプトって私のために書いてくれたの？」と不思議な気持ちが湧き起こった。お師匠さんはいつものように別れ際に「夏目さん、楽しみにしています！」とこんな私に頭を下げてくれた。

私が青木に催眠スクリプトを読んだ時も「楽しみにしている」と青木に伝えたような気がしていた。

いつも催眠のお師匠さんが伝えてくださる言葉だけど、もしかしたら私のために作った催眠スクリプトがどんな効果があるのか楽しみ、とおっしゃっていたのかな？と思ってみたが「うわ！私って世界が私のために回っている、と思っている自意識過剰な子？」と恥ずかしくなって、慌てて問題に集中を戻す。

問題に集中しながら「あれ？　昨日、お母さんから言われたあのことをまたお母さんと話し合うかもしれない気の重さがない？」と不思議だった。

催眠状態に入ったからか、お師匠さんのオフィスに行く前に感じていた気の重さがなくて、目の前の問題に集中できる。「あれ？　やっぱりあの催眠って」と考えそうになったが今は目の前の問題を最後までやり切ることにした。

駅に到着して、家に帰るまで私はぼーっとしたまま何も考えていなかった。いつも、嫌なことばかり考えてしまう私にしては珍しいな、と思いながらも、傘に打ちつける雨音が耳に心地よく響いてくる。

「ただいま！」と玄関を開けて、傘の水滴を振り払って中に入る。「明日香、おかえり！」という母の声が響いてくる。リビングに入ると、母が食事の用意をしていて、父はテレビを見ていて珍しくバラエティー番組がついていた。

妹の恵里香が父の横にいないということは部屋で勉強をしているな、ということがわかる。恵里香が私に「お姉ちゃんには絶対に負けないから！」と言っていたのを有言実行しようとしている、と思ったら妙なライバル意識が芽生えてくる。私もさっさと着替えて夕食を食べてから勉強しよう、と思ったが、母の方から流れてくる洋食屋さんのような甘くて深い匂いに釣られて、作っているものをチェックしに行ってしまう。

近くに行くと大きな鍋がコトコトと小さな音を立てている。深い焦茶色のソースにちょっと頭を出している人参の赤がものすごく魅力的に感じられる。

「うわ！　もしかして、ビーフシチュー？」と聞くと、母はニヤリとして「明日香！　違うわよ！　ただのビーフシチューじゃなくて牛タンシチューだから」と言う。私は「マジで！　お祝い事？」と思わず言うが、母は「別に何もないわよ！」と喜んでもらえることがまんざらじゃない顔をしていた。

以前にも一度だけ作ってもらった、母の牛タンシチューの味が忘れられなくて、「また食べたいな～」と思い出してしまうぐらいの美味しさだった。

自分の部屋で慌てて着替えて、あとで勉強がしやすいように、カバンから教科書や問題集を出しておく。隣の妹の部屋はシーンと静まり返っているので「お！　恵里香は真剣だな！」ということがわかる。

恵里香の邪魔をしないように静かに階段を降りていく。キッチンに立っている母に「シチュー皿を出せばいい？」と尋ねると「ありがとう、お願い」と答えてくれる。

私は皿を四枚母親に渡し、お釜からご飯をお茶碗によそうことにした。テーブルに牛タンシチューの皿が並んで、その横にあったかい湯気をあげるお茶碗。サラダを用意していないのは、シチューの中にたくさんの野菜が煮込まれて入っているから。

私が全員分のスプーンやお箸を並べ終わった時に、母が「お父さん、ご飯が用意できましたよ」と声をかけると、二階の恵里香の部屋のドアがばっと開いた音が聞こえて「お母さん、お姉ちゃんひどい！　私に声をかけてくれないなんて！」と言いながら階段を降りてくる。母が「ごめん！　だってあなたの邪魔になるかな？と思ったから」と笑顔で恵里香を迎える。恵里香は矛先を私に変えて「お姉ちゃんもひどい！」と口を尖らせながら座った。

母が最後に席に着いた時に父が「いただきます！」と声をかけると、私も恵里香も真っ先に大きなスプーンを手に取って牛タンシチューのデミグラスソースをちょっとだけ掬って口に含む。

お肉の香りと色々な野菜の旨みが混じり合って口の中に広がった。「美味しい！」恵里香と目を合わせながらあまりの美味しさに身悶えしてしまう。

そして今度は牛タンをスプーンでカットしようとすると、力を入れなくても切れるくらいやわらかい。その牛タンをソースと一緒に口の中に運んでいくと、お肉の上品な油が口の中で溶けていく。そしてお箸を持ってご飯を一口、口の中に入れてみると、ご飯の甘みと牛タンの上品な油とソースが混じり合って幸せが広がっていく。

恵里香も同じことをしていて「美味しすぎる！」と顔を見合わせる。母は私たちを見て「よかった」と呟いていた。

父は「美味しい！」と言ってもそれが本当に美味しいとわかっているのかわからない感じで、ガツガツ食べている。そんな父を見て「これがお母さんが言っていた、傷つける人を選んでしまった、ということか」と余計なことを考えてしまうが、今は食欲の方が優っているから、すぐに牛タンシチューに戻った。

牛タンシチューを大切に食べているとあっという間にお茶碗からご飯が消えて、おかわりに行くと、恵里香が「お姉ちゃん！　そんなに食べたら太っちゃうんじゃない！」と言ってくる。

「うん！　昼休みに男子とバレーボールをして運動しているからお腹が空くんだ！」と言うと恵里香は「お姉ちゃんばっかりずるい！」と再び口を尖らせる。父は「お！　楽しそうだな〜」と呟いている。

私が青木や山崎がスパイクを打つ時に空中で止まって見えることなどちょっと話をすると、母が「すごいわね！　あんたのクラスメイトって！」と感心していた。

恵里香は「お姉ちゃんはそのジャンプする男子に興味があるんだ！」とうちの家庭ではタブーな話題を振ってくる。

そう、うちではテレビでキスシーンが流れると空気が固まって沈黙になり嫌な雰囲気になってしまう。そんな雰囲気になりたくないからなのか、私は「うん！　みんなライバルかな！」と伝えると、空気が固まるのは避けられて、恵里香だけが「お姉ちゃんだけ楽しそうでずるい！」と呟きながら牛タンを惜しげもなく口に入れていた。

「うわ！　そんな大きな塊もったいない！」と私は思わず口から出そうになって、恥ずかしくなる。

美味しいものは大切に食べなければ。せっかく母が一生懸命に作ってくれるんだから、と思っているのだが、恵里香は美味しいものは美味しく食べて、あっという間になくなって「お母さん、おかわり！」と遠慮なく母に皿を差し出すことができる。母は、恵里香の皿を取ってシチューをよそいながら「明日香もたくさんあるから食べてね！」と言ってくれる。

みんなが食べ終わった頃に母が「みんな、ごめんね、長い間、私の調子が悪くてみんなに迷惑をかけてきて」と言った。父はなんのことを母が言っているのか理解できなかったみたい。母は「これからはあなたたちのために頑張るからね」と隣にいた恵里香の肩に優しく手を乗せながら私に向かって呟いた。

そう、ちょっと前まで、母は家に帰ってきても寝たきりでイライラしていて、暗い家の中で怒鳴り声が響いてくる毎日だった。

父は、そんなことが思い出されたのか、ちょっと涙を堪えたような感じで「それは俺が悪いんだ！　お母さんに経済的な苦労や、おばあちゃんの負担をかけてきたんだから」と母を庇うようなことを言ったのでちょっとびっくりした。

恵里香は、お母さんの顔を斜め上に見上げながら「そうだよ！　お母さんは悪くないよ！」と言った。

母や父が感動的なことを私たちに言ってくれたのに、私の心はどこか冷めていて「今、ごちそうさまって言って立ち上がったら変かな？」と余計なことを考えていた。そんな時に母が「明日香はどう思っている？」と心配そうな顔で聞いてきた。

私は、こんな時は「お母さん、いつもありがとうね！　感謝している！」と言った方がいいんだろうな、と思って口を開いた時に「お母さんは私たちのために生きるよりも、まずはお父さんと結婚をしたこと、そして私たちを産んだことで失ってしまったものを嘆いた方がいい」という言葉が出てしまっていて、心の中で「なんじゃこりゃ！」と訳がわからない。父と結婚して失ったもの、と私が言ったのを聞いて父が呆気に取られた顔をしてこっちを見ている。

母は「何のことを言っているのか理解できない！」という顔。私はいつの間にか右手の掌をしっかりと握りしめていて「お母さんを守ってくれないお父さんと結婚したことで失ったもの、そして、私たちを産んだことで失ったものがお母さんにはたくさんあるでしょ！　それを嘆いて悔しがって怒らなければお母さんが本当にしたいことが見えてこないから！」と訳のわからないことを言っている。

自分でも意味がわからない。母は「だって、私はあなたに怒りをぶつけて散々あなたを傷つけてきたじゃない！」と涙を流しながら叫んだ。私は母の叫ぶ声を聞いて、これこれ！　懐かしいな、とアホなことを思っている。

でも、口から出てきたのは「お母さんは失ったものを見ないように怒っていただけじゃない！ちゃんとお母さんが失ったものと向き合って怒った訳じゃない！」というセリフで、私の目からも涙があふれてくる。

そこで父が急に「明日香！　いい加減にしろ！　何もできない学生のお前が生意気なことを言うんじゃない！」と怒鳴り出して、恵里香が怯える。

すると母が父に「あなたは黙っていて！」とピシャリと言う。

母が父に向かってそんな口のきき方をしたのは初めてだったので私はびっくりしてしまうが、次の瞬間に「明日香！　失ったものを嘆き悲しんだって失ったものは取り戻せないじゃない！　前を向いてみんなのために生きていこうとする私のどこが間違っているの？」と真剣な顔をして聞いてきた。

正直、私には母の質問の意味がわからない。

でも、私の口が勝手に「お母さんは大切にしていたおばあちゃんが亡くなった時に嘆き悲しんでいた？」と勝手に言葉を発していて、それをきっかけに、あの時もお母さんは確か入院先の病院の対応とかに怒っていて、あんなに好きだったはずのおばあちゃんの死を嘆いていなかった、ということを心の中で思い出していた。

それを思い出しても「それとこれとどう関係があるの？」と私は理解できない。でも、母は「嘆き悲しんだって失ったものは返ってこないじゃない！」と私にぶつけてきて、私は心の中で「確かに」と思っているが、私の口が勝手に「嘆き悲しまなければ、心も失ったものと一緒に埋めることになるから」と言った瞬間にまた私の目から涙があふれてくる。

そして、私の口は「嘆いて悲しんでちゃんと埋めてあげることで、生きている私たちはしっかりと踏み固められた地面の上を歩むことができるから」と話していた。

この言葉が出てきた瞬間に「うわ！　やっぱりあのお師匠さんの催眠スクリプトは私のために

書いてくださったものだったんだ！」ということに気がつく。

だって「踏み固められた地面の上を歩む」って言葉は私の頭の辞書にはないから。お師匠さんが読んでくれた催眠の内容は一切覚えていないけど、うわ〜！と心の中でこんな展開になってしまったことに頭を抱えている。

さらに、隣で父も涙を流していて「うわ！　お父さんも泣くんだ！　初めて見たかも！」とびっくりする。これまでずっと私が怒られて泣かされ役だったから。

すると母が「明日香の言う通り、お父さんと結婚をした時に失ったものを私は嘆かなかったし、息子を失った時も嘆かずにあの人に怒っていた。それで息子と一緒に私の心も埋めてきてしまったのかも。そう、おばあちゃんの時も」と呟いた時に、私は声を上げて泣いてしまった。

すると母が「そっか、あなたたちのために頑張るねって、私は自分の失ったものを見ないようにしているだけで、そこには本当の心がないってことか」と涙を拭いながら声を振り絞る。

そして、ちょっと息を整えてから「明日香は、ちゃんと失ったものをたくさん嘆いてきたおかげで、自分の夢を追いかけることができているのね」と私を見て優しく言う。

そして「明日香、私にもできるかな？」と母は尋ねる。私はあまりこの展開を理解していないまま「うん」とうなずいている。

それを見て母が「まずはお父さんと結婚して失ったものがたくさんあるからそれを嘆き悲しみ

悔しがらなきゃ！」という。それを聞いて父が「本当にすまなかったな〜」と涙を拭いながら母に謝罪する。

母は「私に謝るのはどうでもいいですから、お父さんはお父さんが失ったものをちゃんと悲しんで嘆いてください！」と言ったので「そりゃそうだ！　俺だけ心が埋まってゾンビ状態じゃ気持ち悪いか！」と面白いことを言ったつもりでガッハハ！と大笑いをしたが、母は失笑していて、その姿を見て私と恵里香は笑ってしまう。

私は立ち上がって「お母さん、本当にありがとう」と頭を下げる。すると母も立ち上がって「明日香！　本当にありがとう」と初めて私に頭を下げてくれた。私が食器を下げようとすると母は「あなたたちは、あなたたちが必要なことをやりなさい！」と止めてくれた。私はありがとう、と再び頭を下げて、階段に向かって歩いていく。

すると恵里香が私の前を走っていき、階段を登って、私の部屋の前で待っている。そして私が部屋のドアを開けようとした時に「お姉ちゃんには絶対に負けないからね！」と涙で真っ赤にした目で指をさしながら言う。

私は何も考えられずに「うん！」とだけ答えてドアを閉めると「ムカつく！」と言う声がドア越しに響いてきた。

それを聞いて私は静かに笑ってしまう。

椅子に座って机に並べてあった問題集を見ながら「絶対にお師匠さんの催眠を本格的に勉強してやるんだから！」と心の中で呟いていた。私には妹の悔しさがよくわかるような気がしていた。

第6章

あいつがライバル？

朝、家族を起こさないように静かに学校に行く支度を済ませる。玄関に行くと、「あれ？」と一瞬固まった。

いつもの場所に母のお弁当がない。

「まあ、昨日、あんなことがあったから！」とちょっと複雑な気持ちで下駄箱に近寄ってみると「明日香のお弁当代」とお金が入った封筒が置いてあった。

「お～！　ラッキ～！　今日は久しぶりに焼きそばパン！」とテンションが上がる。

そして、封筒の中には一枚の紙が入っていて「ありがとう」と書いてあって、また胸がちょっと詰まった感じになる。靴を履いて、母の部屋の方を向いて「お母さん、ありがとう」と心の中で呟いた。

もうすぐテストなので、駅までは頭の中で単語帳の復習をして、電車の中では教科書の予習を済ませる。途中の駅で亜美が合流して、勉強は中断。

駅に着いて改札に向かっていくと改札の向こうに青木がいて、その前に女の子が立っている。私は「あれ？　青木の付き合っている女の子？」と気になってしまう。

めざとい亜美は「あ～！　青木が女の子を口説いてる！」と大きな声で叫ぶ。それが青木にも聞こえたみたいで、青木は「じゃあ！」と小さく手を上げて女の子と別れて私たちの方へとやってくる。

すると、さっきまで青木の前で俯きながら立っていた女の子の後ろにいた友達が「ほら！　あの先輩と付き合っているって言ったじゃん！」という声が聞こえて、背中に刺さるような視線を感じた。

青木が近づいてきて「亜美！　うるせえよ！　周りに聞こえるように叫んでるんじゃねえよ！」と言う。亜美はケロッと「だって本当じゃん！　あの子って下の学年の子でしょ！」と言うと青木が「ちげぇよ！　向こうから声をかけられたんだよ！」と照れくさそうに言う。亜美は「なんで、あんなかわいい子が声をかけてくるのよ！」とニヤニヤしている。青木は「そんなの俺が知るか！」と前を歩いている私の背中に声が響いてくる。

そんな時に「どうしたの～？」と後ろから沙知の声がして振り向くと、一緒に由衣も歩いてくる。

亜美が二人に近寄って行って「青木が後輩の女の子に告白されてるの！」と報告をしている。私は「な～んだ！　やっぱり亜美もわかっていたんだ！」と笑いそうになったが、何も言わずに前を見ながら歩いていると、いつの間にか青木と私が歩調を合わせて一緒に歩いている感じになっていた。

後ろから由衣の声で「昔は青木くん、かっこよくてモテたみたいだよ！」と聞こえてきて、沙知がと亜美が「嘘だ～！」と否定するので、由衣が「本当だってば～！」とかわいく叫ぶ。

沙知が「由衣、あんたも青木のことが好きだったの？」と意地悪な質問をすると「私は、元彼一筋だったから」と重い一言。由衣は長年、元彼に振り回されて別れられずに苦しんでいたことをみんなは知っていたから「そうだね〜」と静かになる。

途中にあるパン屋さんが見えてきて私は「学食の焼きそばパンか、パン屋さんの焼きそばパンか」と迷ったが、青木もいて気まずい雰囲気から離れるため「私、パン屋でお昼買ってくる！」と言うと青木が「夏目！　真似すんなよ！　俺がいつも買ってるパン屋だろ！」と店の方へと走って行く。

「待ちなさいよ！　私だってちょっと前までは常連だったんだから！」と言いながら後ろから歩いてくる三人に手を振って青木を追いかけていくと、後ろから「青春しているね〜」と嬉しそうな沙知の声が聞こえてくる。

店に入ると青木はトレーに焼きそばパンとカレーパンを乗せてレジのおばちゃんに差し出すところだった。

私も、負けじとトレーに焼きそばパンを一つ乗せておばちゃんに会計をしてもらう。

おばちゃんは「一個で足りるの？」と余計なことを聞いてくる。本当は二つ買いたかったが青木がいたからつい一つだけトレーに乗せてしまった自分に後悔する。

パンを持って店の外に出ると沙知たち三人の姿はなく青木が待っていてくれた。

私は心の中で「あいつらめ〜！　変な気を利かせやがって〜！」と悪態をつく。長身の青木と歩いていると周りから注目されるので、恥ずかしくなって私は思わず下を向く。「なんで私が恥ずかしがらなきゃいけないんだ？」

青木は、全然気にしていない様子で「夏目、俺、お前のライバルになるから！」とまっすぐ前を見ながらしっかりとした口調で言った。

「はい？」と私は訳がわからなくて青木に聞き返す。なぜか青木はまっすぐ前を向いたまま「俺、お前が受験する大学の心理学部を受験してお前のライバルになるから」と恐ろしいことを言ってきた。

最近の青木は前とは明らかに違って勉強もできる。

ちょっと前は担任の本間に呼び出されて志望校がD判定だから諦めろ、と言われて落ち込んでいたけど、今は明らかに勢いが違う。

私は「どうして？」と聞いてみた。すると青木が「俺、悔しいんだよね。ある時からだんだんと頭がぼーっとした感じになって集中できなかったのが、夏目の催眠で霧が晴れたようになったのがさ」と話し始めた。

青木は、催眠で沙知や由衣、そして担任の本間まで変わっていく姿を見ていたけど「そんなの、たまたまじゃね？」と疑っていたらしい。

でも、成績が思うように上がらず、藁をも掴むつもりで催眠を受けてみると本来の自分に戻っている実感が得られて、実際に集中力が子どもの頃に戻っていたそうだ。

「俺は夏目に負けたくないんだよ！」と私の方を向いて真剣な表情をして言う。私は「はぁ」と答えながら話に耳を傾ける。

「俺、夏目の催眠で変わったっていうのが悔しいんだよ！　だから、俺は夏目の催眠とは別の心理学を勉強して夏目の催眠を超えてやる！」と言われて初めて気持ちがわかる気がした。

私も催眠のお師匠さんに対して青木と同じような気持ちがあるから一生懸命に勉強しているのかも、とパズルのピースが一致した感覚がある。「お前には絶対に負けないからな！」と真剣な顔で言われて、私は熱くなって「私も負けないから！」と青木のライバル宣言を受けてしまっていた。

気を利かせて先に行ってくれた沙知たちは、こんな話の展開になっているなんて想像ができないんだろうな、とおかしくなってくる。

要するにさっき、青木が女の子からの恋の告白を断ったのは、私に対しての恋心を捨てられないからじゃなくて、ただ単に勉強に集中して私を負かしたいから、ということに若干のショックを受けていた。

涙目になりそうだったが「絶対に負けないからね！」と強がってみせる。

教室に入ると亜美が「夏目！　熱いね！　ヒュー！　ヒュー！」と時代遅れの声がけをするが、私の表情で沙知が何かを察したみたいで、亜美に「ちゃんと空気を読みな！」と叱咤する。

「どんな空気を読めばいいのよ〜！」と亜美は口を尖らせている。「あ〜！　夏目がまた青木にフラれちゃったの〜！」と亜美は嬉しそうに沙知に言う。

青木は全く気にしていないようで、山崎や拓海に「よぅ！」と声をかけて自分の席に向かい、問題集を取り出して勉強をし始める。

私は「夏目がまたフラれた」という事実が作りあげられて、みんなに気を遣われている空気を感じながら青木の後ろの席に座る。ライバル宣言で頭がいっぱいで、目の前に座っている青木の集中力に圧倒されながらも「私も絶対に負けない！」と問題集を解き始める。

「おい！　夏目！」顔を上げたら担任の本間が目の前に立っていて「夏目！　次の授業の用意をしろ！」と命令口調で言ってきた。本間は去り際に「夏目！　あまり無理をするなよ！」と背中越しに呟いてくれてちょっとグッときてしまった。

目の前を見ると青木は問題集をやり続けていて「なんで本間は青木には声をかけないの？」と疑問に思った。

でも、本間は青木に「D判定だったから志望校を変えろ！」と伝えてから、勉強に集中するようになった青木を本間なりに応援しているのかもしれない、と理解した。

私は教科書を出して授業を始める先生の呼吸に注目しながら呼吸を合わせていく。

電車の中でちゃんと授業の予習をしてきたのもあってか、呼吸合わせをしていると先生の授業が面白く感じられてどんどん頭に入ってくる。

そんなことをしているとあっという間にチャイムが鳴り先生が教室から去っていき、みんながワイワイガヤガヤする。

青木は休み時間になっても問題集を解き続けている。「なんて集中力だ！」と思いながら前の席に視線を移すと沙知も青木と同じように問題集を解き続けている。

「負けてられない！」と一瞬思ったが「私には無理！」と立ち上がって気分転換に由衣の席に向かう。

由衣は嬉しそうに「夏目の方から来てくれるなんて嬉しい！」と女優の美しい笑顔で迎えてくれてドキッとしてしまう。

今まで気づかなかったけど、由衣の机の脇に座ってみると「たくさんの男子が由衣のことをチェックしに廊下に来ている！」という風景が見えてちょっとびっくり。

由衣に「調子はどう？」とだけ聞いてみる。

すると由衣が「夏目こそ大丈夫なの？」と聞いてくれた。亜美と沙知の間で作られた「夏目は青木にまたフラれた」という話を心配していることに気づく。「後で詳しく話すね！　亜美を抜かして！」と言うと向こうの方に座っているはずの亜美が「ずる〜い！」と反応する。

「亜美ちゃんの耳は地獄耳！　怖い！」と由衣がかわいく言うと私は「あいつだけは絶対に許さないから！」と由衣に呟く。

亜美が遠くの席から「ごめ〜ん！」と拝むようなジェスチャーをしていて、私はそれに向かって「フン！」と顔を背けると、そこには由衣を眺めている男子たちの視線があって恥ずかしくなって俯いてしまう。

「亜美は本当に余計なことしかしない！」と呟くと由衣が笑って「夏目と亜美ちゃんって本当にいいコンビだよね！」と言いながら「私、二人にどんなに助けられたことか」と美しい笑みを浮かべる。

それを言ったら私も由衣の笑顔に助けられているから「私も由衣に感謝している」と呟いた。

由衣は机に置いてある私の手にそっと手を重ねて「私にできることがあればなんでも言ってね」と優しく言ってくれる。

私はそんな優しい言葉にドキドキしながら「いつも話を聞いてくれてありがとう」と伝える。

あっという間に時間が経ってしまって休み時間終了のチャイムが鳴り「じゃあね！」と席へ戻る。青木は問題集に集中したままだったので怖くなってきた。

次の授業が終わった時は、流石に青木は立ち上がって背伸びをして前の席に座っている山崎と雑談をしながら朝買ったカレーパンを食べ出した。それに私の食欲も刺激されて、窓の方を向いて焼きそばパンを取り出して一口かぶりつく。

焼きそばとパンの絶妙なコンビネーションが口の中に広がる。紅生姜は真ん中に置いてあるのでまだ口の中に入っていないのに、紅生姜の香りが焼きそばに染み込んでいるのか、香りが口の中に広がり、焼きそばを挟んでいるパンの甘みと焼きそばのソースの塩味をまとめて、おいしさを何十倍にもしてくれる感じがある。

一つしか買わなかったので、一口ずつ大切に食べている感覚がさらに美味しさを増してくれる。買ってきたパックの牛乳を一口飲んでみると焼きそばパンと本当によく合う。

ゆっくりと食べ進めて紅生姜が乗っているところに辿り着くとなんだか大人になった気分。

そんな時にパンをすでに食べ終わった青木が「まだ食い終わってないのかよ！　おっせ〜な〜！」と挑発する。

私はそんな青木にパンを持っていない右手で「シッシ！」と犬を追い払うジェスチャーをして、窓の外に浮かぶ雲を眺めながらゆっくりと焼きそばパンを味わう。

焼きそばパンと牛乳は私を幸せな気分にしてくれる。

昼休みのバレーボールでは青木のスパイクをちゃんとレシーブできるようになってきて、青木のチームと接戦になった。

チャイムが鳴りみんなで「ナイスゲーム！」とハイタッチをしながら教室の方へと向かう。

朝、駅で青木と一緒にいた女の子が体育館の二階のギャラリーから私を見下ろして睨んでいる姿が目に入ったが気づかないふりをして歩き続けた。

すると青木が私の隣に来て「おい！　夏目！　勝負しないか？」と言ってきた。私は「上等！受けてやるわよ！」とファイティングポーズをとる。青木はニヤリとして「じゃあ、期末テストで俺が勝ったら、夏休みは俺の勉強に付き合え！」と言われて「へぇ!?」と思わず周りにいるみんなが聞いていないか確認しちゃう。

山崎と他の連中は戯れ合いながら後ろで騒いでいたので聞かれていなかったらしい。私は心の中で「朝、青木が言っていたことって本気なんだ！　だから、あんなにすごい集中力で勉強していたんだ！」と謎が解けた感じがした。

私が「絶対に負けないからね！」と言った瞬間、後ろから山崎が「夏目ちゃん、青木のスパイクとれるようになったから、もう負けてないよ！」と励ましてくれた。

青木は不敵な笑みを浮かべて「忘れるなよ！」と私に指をさしながら言って、教室の方へ歩いて行った。

午後の授業が始まっても、相変わらず青木の集中力は鬼気迫るものがあった。でも、青木が集中しているのは受験対策の問題集で、期末テストには直接関係ないもの。

ここで授業に集中して期末テストの準備をしていた方がはるかに有利な気がしたが、青木にはかなり気合いを入れないと勝てない予感がした。私も負けずに先生に注目をして、催眠の呼吸合わせに集中する。

呼吸合わせをしていると、面白いほど授業の内容が頭に入ってきて、楽しくなってくる。授業を楽しんでいるとあっという間に時間が過ぎて、帰宅時間になっていた。担任の本間の話が終わって、立ち上がって本間に礼をし終わったとたんに、沙知が「お疲れ～！」と私の方へと寄ってくる。

由衣も私の席の方に寄ってきて「今日はなんだか疲れたね～」とかわいらしく言う。青木は立ち上がって何も言わずに去って行った。沙知が「あいつ！　一言、挨拶ぐらいしていけばいいのに！」と私の方を向いてプンプンしている。

そしたら、亜美がいつの間にか私の後ろにいて「夏目をフッたから気まずいんじゃないの？」と言う。「あんたはどうして余計なことを言うの！」と沙知が私の代弁をしてくれた。由衣が「今朝、あの後に何があったの？」と聞いてくる。

私は、今朝の青木のライバル宣言の話を三人にして、バレーボールの後に言われたことは亜美に聞かれたら面倒くさいので黙ったままにしていた。すると沙知と亜美が珍しく二人同時に「うん！　それは夏目が悪い！」と声を合わせて言う。

「えっ？」と私が呆気に取られていると、いつも優しく庇ってくれる由衣も「私も夏目ちゃんが悪いと思う！」と歩きながら呟く。動揺している私に対して沙知が「夏目！　あんた、困っている人がいたらすぐに手を出すから、こんなことになるんじゃん！」と呆れたように言う。

亜美は「そうだよ！　勉強が思うようにできなくて弱っている青木をあのまま放っておけばフラれないで恋に発展したかもしれないのに！」と憎まれ口を叩く。いや、青木に催眠を使うことを決めた時点で私の中では青木との恋愛はキッパリと諦めたので未練はない。だから二人にそんな風に言われても動じないつもりだった。

でも、由衣から「青木くん、あんな風に見えてプライドが高いから、ちょっと傷ついちゃったかも！」と言われた時に「あれ？　やってはいけないことをしちゃった？」と不安になってきた。

亜美が「青木は夏目の催眠には全然期待していなかったのに、それで変わったことを認めたらそりゃプライドは傷つくわな！」と追い打ちをかける。「夏目！　マジで催眠を使う時は気をつけた方がいいよ！」と沙知から強めに言われて私は涙目になってしまう。

それを見た由衣に「違うの！　私たちは夏目ちゃんの心配をしているの！　困っている人を助けたって、夏目ちゃんが幸せになれる訳じゃないから」と厳しいことを言われてクラクラしてしまう。

そして亜美が「夏目！　私たちはあんたに幸せになって欲しいんだよね！」と真面目な顔をして言う。

沙知が「そう！　催眠で人があれだけ変わるってことはあんたの身を削っているんじゃないか？って心配しているんだよ！　勉強が全く理解できなかった私が催眠でこれだけ変わったのは夏目が身を削ってくれたから、って申し訳ない気持ちがものすごくあるんだから」と涙を目に溜めながら言ってくる。

すると由衣も「私だって、夏目ちゃんがいなかったら！」と言葉を詰まらせる。うわ、この三人は本当に私のことを心配してくれているんだ。

自分の身を削って催眠をやっているわけではないと説明しようとしたが、多分、みんなが言っているのはそういうことじゃなくて「自分の幸せを追って生きろ」と私に伝えたいのだと思って、頭に浮かんだ説明を打ち消す。

そんな時に由衣が「私は、夏目ちゃんの催眠のおかげで自分のために生きることができるようになったの！　だから今度は夏目ちゃんがその力を自分が幸せになるために使って！」と私の目をしっかり見ながら伝える。

沙知が「私だってあんたの催眠のおかげで親に気を遣わなくなったら、どんどん勉強が楽しくなって、子どもの頃に夢だったことが今ここで現実になっているんだから！　今度はあんたの番だよ！」と言った時に、「自分の幸せってどうやって追っていいのかがわからない！　だってずっとお母さんやお父さんの幸せだけを考えてきたから」と心の中で叫んでいた。

亜美は「私は夏目から催眠はかけてもらったことはないけど、ママが夏目のお師匠さんから催眠を習い出して私はものすごく自由になったの」と喋り出した。「お母さんは自分の幸せを追えるようになったよ！　だって、私のことを心配しなくなったから！」と言った瞬間に沙知が「どうして心配されないとお母さんが幸せを追っていることがわかるんだよ！」とツッコむ。

亜美は「よくわからないけど、お母さんが幸せになったから、私のことを信用できるようになったんじゃないのかな？」とちょっとおどけた口調でいう。

すると沙知が「そこだよ！　自分が幸せだったら不幸な人が寄ってこなくなる気がするんだよ！」と閃いたみたいに言う。

由衣も「すごくわかるかもしれない！　自分の幸せを追っていると誰のことも心配じゃなくなって、不幸な人が目の前からいなくなる感覚！」と言って沙知と由衣はハイタッチをして喜んでいてそこに亜美も入っていく。

私はその瞬間、自分の中に薄汚れた真っ黒い子どもがいるような感覚があって「私はみんなの中に入っていけない」という感覚が湧いてきた。

真っ黒で汚くて誰からも愛されない子。いい子でいなければ嫌われて捨てられてしまうような子。だから私は必死に周りの人たちに気を遣ってきた。気を遣えば使うほど私は周りの人たちから蔑《さげす》まれてきた。

だって、私はずっと自分が好かれるために嘘をついていい人を演じていたから、その嘘がみんなにバレてしまって嫌われてしまうことは知っていた。

そう、私はいい人、優しい人を演じている嘘つきだから真っ黒で嫌われる存在なんだ。私が誰かに心から優しくしたことなんてない。嫌われるのが怖くて、見放されるのが恐ろしくて一生懸命に優しい思いやりがある人を演じている嘘つき。

だって私はずっとお母さんから嘘つき呼ばわりされて「気持ち悪い子」として扱われてきたもん、といういじけた女の子の声が心の中に響く。そんな時に「あれ？　これって私は失ったものを嘆いている？」とフッと幼い自分の記憶から我に返る。

そういえば、昨日、母に「失ったものを嘆かなければ自分の人生を生きられない」って言っていたよな。愛されなかった嘘つきの醜い私を今、私は心の中でちゃんと嘆き悲しんでいる。

愛されなかった自分を嘆き悲しんでいることを認めた時に「そっか！　私ってこれまで愛されなかった分も自分を大切にしてあげていいんじゃない！」という力強い感覚が私の中から湧いてくる。これまで一回も親に反抗したことがなかったからわからなかったけど「親なんて関係ない！」というしがらみから解き放たれたような自由なちょっと危険な匂いがする感覚が、嘆いて地団駄を踏んで踏み固められた地面から芽を出していた。

次の瞬間に「私も絶対に幸せになってやる！」と叫んでいて、沙知も由衣も嬉しそうに私にハイタッチしてくる。亜美は後ろから私に抱きついてきて「私も夏目より幸せになってやる！」としがみついた腕に力を入れる。

沙知が「夏目の催眠の力を使ってどんどん男を虜にしてハーレムを作っちゃえ！」とアホなことを言う。私は「残念！　催眠のお師匠さんの催眠は悪用できないんだって！」と沙知に伝えると「えぇ～！　進学したら夏目から催眠を教わって彼氏をバンバンゲットしようとしてたのに～」と口を尖らせる。

すると由衣が「あれ？　私、夏目ちゃんの催眠の呼吸合わせを監督さんに使って監督さんにものすごく気に入られちゃっているのって悪用じゃない？」と戸惑ったように言う。私は「それは由衣の本来の魅力が無意識によって引き出されただけ！」と伝えると由衣が「よかった～！」と胸を撫で下ろしている。

沙知が「由衣！　あんた何気に自分に魅力があることを認めているじゃん！」と指をさして笑うと「ひど～い！」と由衣が拗ねる。

この場面のことを催眠のお師匠さんに話したら、どんな表情をするのかな？と想像した。にっこりと微笑んで温かく聞いてくれる、そんな場面が思い出される。「夏目さんて面白いですね～」と。

あっという間に期末試験の時期が来て、青木との勝負がかかっていたのでいつもよりも気合を入れて試験に挑んでいた。

担任の本間が試験の上位三人を発表するのだが、以前、試験で赤点を取ったことしかなかった私と沙知が上位に入った時に「お前らカンニングしていないだろうな」と疑って職員室に呼び出されたことを思い出して笑いそうになってしまった。

目の前に座っている青木は机の上で祈るように手を握りしめて本間の発表を待っている。

本間はいつもの感情がない感じで「一位は青木、二位は上村沙知、三位が夏目、以上だ！」と言ってファイルをパタンと閉じる。

それを聞いた青木は「よっしゃ～！」と立ち上がってガッツポーズ。クラスのみんなはびっくりした様子だったけど「おぉ～！」と羨望の眼差しを送っていた。

沙知の「悔しい～！」という声が響いてくる。最近はずっとトップだったのでその悔しさはよくわかる。

本間が「静かにしろ！」と注意して教室が静まると、淡々と夏休みの注意事項を述べていたが私の耳には暗号にしか聞こえていなかった。

青木に負けたことがショックだったのと、「これからどんなことが起こるの？」という期待と不安でいっぱいだったからなのかもしれない。本間の挨拶が終わると、クラスのみんなが「終わった〜！」と立ち上がって歓喜の声を上げる。

青木は立ち上がって、まだ机の前に座っている私の方を向いて「どうじゃ！　俺の勝ちだ！」と言いながら「パシン！」と四つ折りにした四角い紙を私の机に叩きつける。私は青木を見上げて睨みつけながら「最低！」と力一杯の負け惜しみを伝える。

青木は「フッフッフ！」と不敵な笑い声を上げながら去り、私は青木が叩きつけた紙を、そっとポケットにしまう。

沙知が「あいつ！　ちょっとむかっかない⁉」と不機嫌な顔をしてカバンを持って私の席に近づいてくる。私は青木との勝負のことを話していないので「一番になれたのが嬉しかったんじゃない？」ととぼけた。

沙知も青木には負けたくなかったのだと思う。由依は女優業があるので今日は一人いないから静かなのかな？と思っていたが「あれ？　いつものやかましい声の主がいないね？」と私が沙知に聞くと、亜美の席の方を指さした。

亜美はランク外に落ちてしまったショックで机に突っ伏したまま立てなくなっているようだ。

沙知がトップになる前は、亜美がずっと不動の一番だった。それが、徐々に順位が落ちて受験前の夏休みに本間から名前を呼ばれなくなるなんて想像もできなかったんだろう。

すると沙知は亜美に気づかれないようにこっそりと教室から出て行こうとする。そして私に向かって「あんなやつ放っておいてさっさと帰ろうぜ！」と囁き声にしてはちょっと大きい感じだったので、「ひど〜い！　友達が落ち込んでいたら普通は慰めてくれるでしょ〜！」と亜美が痺れを切らして立ち上がって文句を言う。

沙知は「誰が友達じゃ〜！」とからかう。「もぉ〜！　夏休みに遊んであげないからね！」と亜美。沙知は「夏休みは夏期講習であんたも私も遊ぶ時間なんてありません〜！」と返す。すると亜美は「沙知には休み中にＬＩＮＥとかしないからね！」と精一杯の強がりを言う。私は思わず「二人は私が知らないところでＬＩＮＥとかやっていたんだ！」と驚いてしまう。

三人で外に出たら亜美はすでに立ち直ったみたいで「夏目は夏休みはどうするの？」といつもの調子で聞いてきた。二人とも有名な塾に通っていて受験コースに乗っているので夏休みのスケジュールは決まっているみたいだが、私は図書館でずっと勉強をするつもりだった。

そのことを伝えた時に、なぜか「図書館で勉強」と言っただけで私の顔が赤くなったらしくて「あれ？」と亜美が私の顔を覗き込む。

沙知が「どうしたの？」と尋ねると、亜美は探偵のように「いや、図書館で勉強って言った時に夏目の顔がちょっと赤くなったんだよね！　もしかして図書館にいい男とかいるの？」と質問をかけてくる。私は青木の四つ折りの紙が気になってポケットに手を突っ込む。

それを見た沙知が「ほう！　確かにあやしいですな〜、夏目さんは何かを隠していますよ！」と言い出したから、私は慌ててポケットから手を出して「何も隠してないから！」と両手を二人の前で広げて否定した。

二人は何かを悟ったのか「まあ、夏目さんも、隠し事ぐらいあってもいいでしょ！」と探るのをやめて歩き出した。

私は、二人の後ろでほっと胸を撫で下ろし後をついていく。「いい男は塾にはいないね〜」と話しているのが聞こえてくる。駅に着いたら急に寂しくなってきたのは、二人とは夏休みが終わるまで会えなくなるから。

私は「寂しい」と素直に言えず「夏期講習頑張ってね！」と言いながら沙知にハグを求めるように両手を広げると沙知が抱きついてきて、「ここまでよく頑張ったね！」と耳元で言いながら力強く抱きしめてくれた。

私は涙を堪えて「沙知もね！」と抱きしめ返す。沙知と手を振って駅で別れ、亜美と一緒にホームで電車を待つ。亜美は待っている間、一生懸命に相撲部の近況などを話してくれていた。

どうやら、相撲部ではまだ催眠を使っているみたいで、調子がいいらしい。そんな話を聞かせてくれたのが嬉しかった。「夏目！　自分の幸せのために催眠を使って！」と別れ際に言われまたグッと来てしまう。

電車から降りた亜美がいつまでも私に手を振っていて、私は「ありがとう」と口だけで亜美に伝える。色々やらかしてくれる亜美だけど、いい子なんだよな〜、と電車の背もたれに背中を預ける。

そんな時にフッとあの四つ折りの紙のことを思い出して、ポケットに手を突っ込む。開いてみると、携帯の番号と「メッセージを送れ！」とだけ書いてあった。

「偉そうな！」と思わず声が出て、向かい側のおじさんに睨まれる。私はスマホを取り出し青木にショートメールを送る。すると即座に青木からのＬＩＮＥの招待が届いて「おぉ〜！ すごい！」と心の中で叫んでいた。

そしてＬＩＮＥ登録をすると青木からのメッセージで「明日は、どこで勉強する？」ときた。私は「図書館」と送ったら、すぐに青木から、青木の家と私の家の中間点にある図書館でと返事がきた。

青木と一緒に図書館で勉強ってどうなのよ！と未知のことがいっぱいすぎてちょっと気分が沈んだが、私は「勝負に負けたんだから！」と思ってＯＫのスタンプを送る。

すると青木が「九時三〇分からやってるから」と返信してきて、私は再び同じスタンプを押す。スマホをカバンにしまって、問題集に集中し始める。ガタンゴトンという心地いい音が催眠効果で私の集中力を高めてくれて、問題集が楽しく解ける。

そんな時に「こんなに催眠で勉強が楽しくなっているのにどうして私はあいつに負けたんだろう？」と悔しい気持ちが蘇る。

朝起きた時、お師匠さんのことを思い出していたのは、私の中の不安を打ち消すため。お師匠さんの優しい笑顔を思い浮かべる。お師匠さんの笑顔を思い出すだけで、不思議とモヤモヤした感覚は消えていて、淡々と図書館に行く支度をしていた。

いつもよりもちょっと遅い電車に乗っても夏休みだからか人が少なくて勉強に集中できちゃう。駅に着くと、スマホが図書館までの道案内をしてくれる。

あっという間に図書館に辿り着いた。本当に青木がいるのかな？と思って学習室がある二階の階段を上がっていくと青木はすでに一番いい席に座っていて、その前の席に荷物を置いて私の場所を確保してくれていた。

私が青木のカバンを椅子から移動しようとすると「お！　夏目！」と青木は顔を上げて嬉しそうな表情を見せた。青木はカバンを机の上に置いて、私は椅子に座って問題集とノートを机の上に広げる。

自分が持ってきた問題集に集中し始める。時間を忘れて集中していて、気がついたら青木が私の横に立っていた。

「夏目！　昼飯はどうするんだよ！」とパンが入ったビニール袋を目の前で上下に揺らしながら声をかけられて、時計を見たらいつの間にか三時間が過ぎていた。うわ！　食事のことは全く考えていなかった！とちょっと慌てたジェスチャーを青木にすると、青木は「そうだと思った！」と言いながら、ビニール袋から焼きそばパンと麦茶を取り出して渡してくれた。

青木が「外に行くぞ！」というジェスチャーをしたので、私は財布とスマホを持ってついていく。

階段を降りて玄関の外に出るとムッとした空気に包まれた。「暑い！」図書館の冷房のありがたさが身に染みる。

青木は黙って、駐輪場の端にあるコンクリートの段差のところに腰掛けた。私もその横に座るとコンクリートの熱がお尻に伝わってくる。ちょっと我慢して座っていれば慣れるだろうと思って、そのままの状態で財布から焼きそばパンと麦茶の代金を青木に差し出す。青木は「おう！」と右手でパンを食べながら左手でそれを受け取ってポケットの中に入れた。

焼きそばパンを黙って食べて、生暖かい麦茶で流し込む。青木はとっくの昔に食べ終わっていて、私が終わるのを待ってから、黙って立ち上がって図書館の入口の方へと歩き出す。

私もこれ以上の暑さに耐えられる気がしなかったので、素直に青木の後をついていく。玄関に入った途端に建物の中の冷房機が出す心地いい冷気を感じて「癒される〜」と心の中で呟く。元の席へ戻って、私はカバンから歯ブラシを取り出してトイレに行く。

トイレで歯を磨きながら「青木は何を考えているんだろう？」と考えていた。席に戻ってみると青木はものすごい集中力で問題集を解いていた。

私も問題集に取り組む。気がついたら外がうっすらと暗くなり始めていて、閉館のアナウンスが流れる。

青木はカバンに持ってきたノートや問題集を入れ始め、私もそれに続く。二人で外に出てまだモワッとした暑い空気に包まれながら駅へと黙って歩き続ける。駅に着くと青木は「じゃあ、また明日な！」とだけ言って、私とは違う路線のホームに駆け上がっていく。私は「えっ？　明日も？」と言いかけたが、「また明日！」とだけ青木の背中に声をかける。

次の朝も青木は同じ席に座っていて、私は青木の向かいの席で勉強を続ける。これをする青木のメリットは何なの?と考えたくなるが、目の前の青木はものすごく集中しているので、私も雑念を振り払って目の前の問題集に集中する。

昼になって、コンビニで買ってきた調理パンを炎天下で食べる。

そしてあっという間に閉館時間になり二人で黙って駅に向かって歩く、という日々が続いていた。

夏休みの三分の一が過ぎてしまった頃に「うわ！　私ってやっぱり記憶力がダメかも」という壁にぶち当たった。せっかく覚えたはずのものが後になって、頭から抜けて目の前が真っ暗になる。「あんなに一生懸命に覚えたのにどうして？」ということの繰り返し。

今までも記憶力の問題は感じていたから繰り返し問題集を解いて、それをカバーしようとしていたのだけど、自分の能力の限界を感じ始めていた。

青木の前に座っていて、そんな限界を感じて頭を抱えた時に、頭の中に真っ黒い子どものような存在が浮かんできた。

真っ黒い影のような子どもが私の頭の中でうずくまっている。これって肝心なことが覚えられない頭が悪い私なの？と思ってみたが、その子はそのまま私の頭の中で膝を抱えてうずくまったままである。

「あれ？　もしかしてこれって青木？」と思ったら、その子どもがゆっくりと私の頭の中で立ち上がった。立ち上がった姿は薄汚れているけど確かに男の子だったので「これって青木なんだ！」と確信する。そもそも子どもの青木が頭の中に登場してくるなんて、私の頭がおかしくなった？と怖くなる。

催眠のお師匠さんが、催眠の呼吸合わせをしていると、相手が話していなかったことが無意識で伝わってきたりする、とおっしゃっていたけど、今は呼吸合わせを青木にはしていない。

もしかして、一緒に集中して勉強することで呼吸合わせと同じ効果があって、私が催眠状態になって無意識で青木から何かを受け取った？と思った時に、男の子は私の頭から消えていた。

その後からまた勉強に集中できるようになっていたが、相変わらず記憶力の悩みは私に付きまとっていた。

悩みながら勉強していると「おい！」と私の椅子を誰かが後ろから蹴っている。振り返ったら青木が帰り支度をして後ろに立っていて「もうそんな時間？」とスマホを見たら、まだいつもの時間にはなっていなかった。

青木が「ちょっとこの後、俺に付き合え！」とつっけんどんに言う。「何よ、いきなり！」と私は文句を言いながら、帰る用意をする。期末テストで負けた罰ゲーム的な感じで夏休みは青木に従っている？　こんなに毎日一緒に勉強する展開になると思わなかったから、ちょっと笑えてきてしまう。

図書館の玄関を出るとモワッとした熱が襲ってきて、住宅街の中にある図書館なのに蝉の鳴き声が耳に響いてくる。青木は私の前をさっさと歩く。

青木は黙って歩き続け、駅に着き、私がいつも乗っているホームに進んで、一緒に電車に乗り込む。「どこに行くのよ！」と声をかけると「次の駅！」と青木はぼそっと下を向きながら緊張した感じで答える。

次の駅で青木は電車から降りて駅前の大きなカラオケ店に入っていく。私は「うそ！　カラオケ？」とあっけに取られる。

青木はさっさと入って、学生証を受付の人に見せて「学生、一時間でお願いします！」と頼んでいる。

店員に「ワンドリンク制ですが何になさいますか？」と聞かれ青木は「アイスコーヒー」と注文をしていて「夏目はどうするんだ？」と聞いてきた。「私は烏龍茶」と答えると「さあ、どうぞ！」とマイクと伝票が入ったカゴを渡される。

そしてエレベーターに乗り、三階の個室へ移動する。部屋に入った青木が「ふぅ〜！　ここは冷房が効いてて気持ちがいいな！」と私に話しかける。私はほとんどカラオケなんかで歌ったことがなかったので戸惑っていて「うん！　涼しくて気持ちがいいよね！」とドキドキしながら答えている。

そして店員さんが「アイスコーヒーと烏龍茶です！」と入ってきて私たちの前のテーブルに置いてくれる。

青木は、アイスコーヒーにミルクだけ入れてちょっとだけストローでかき混ぜて飲み出す。「ガムシロップを使わないなんて大人じゃん！」と私は青木をからかうが、青木は黙ってカバンの中を探って、クリアファイルに入れてあった白い紙を取り出す。

どうやら何かを印刷してあるようで、その紙には文字がびっしりと書いてあった。青木は神妙な顔をして「夏目！　お前にしてもらった催眠を俺も書いてみた！」とボソッと言う。私は「嘘！」と目がまんまるになってしまう。

青木は「夏目は俺に催眠スクリプトというやつを読んでくれたよな」と問いかけてくるので「うん」と私はうなずく。

「そして、俺は期末テストで夏目の点数を上まわることができたよな」と言われて、悔しいけど「うん」とうなずく。「そうして夏目は俺と一緒に夏休みは図書館で勉強をしているよな」と言われて「うん」とうなずいた時に「あれ？　これってお師匠さんがやっている催眠誘導のイエスセットのテクニックじゃん！」と私はびっくりしたけど、イエスを三回言った後だから、力が抜けてリラックスしていた。

青木は、イエスセットをしている時はちゃんと私の呼吸に注目をして呼吸合わせをしていて「いつの間にこんなテクニックを覚えたの？」と思いながらも青木が書いた催眠スクリプトに耳を傾けている私がいた。

ある女の子が膝を抱えながらコンクリートの上に座っていました。膝を抱えている腕ではその感触を確かめることができます。そして、女の子は遊んでいるみんなの楽しそうな笑い声を聞いていたのかもしれない。

そんな時にみんなの無邪気な笑顔が思い出されてきます。そうしていると座っているコンクリートの乾いた感触が伝わってくる。そんな小さな女の子に、ある子が近寄ってきて「どうしてそこで一人で座っているの？」と尋ねます。女の子はある表情を浮かべて「よくわからない」と首を振ります。

女の子は、楽しそうにしているみんなの中に入っていけばちゃんとみんなが仲間に入れてくれて自分も一緒に笑いながら遊べることは知っていたんです。でも、女の子は一人でそこに膝を抱えて座っていた。声をかけてくれた子に女の子は「あなたはどうしてみんなと一緒に遊ばないの？」と質問をする。

するとその子も「わからない」と女の子と同じような表情を浮かべて首を横に振る。そして「私もあなたと同じようにみんなの中に入ったら一緒に楽しめることがわかっているのだけどなぜかあなたと一緒にここにいる」と言うと風が吹いて上の方で茂っている木の葉がサーッという音を立てる。

その木の葉の音につられて二人が上を見上げると、風で一斉に揺れて音を立てている木の葉が目に入ってきます。そして、その向こうには青空が広がっていて、そこに白い雲が浮かんでゆっくりと風に流されながら形を変えていく。女の子はその子に「あの雲は私たちのことを空から眺めているのかな？」と呟いていた。するとその子は「あの白い雲の中には水滴があるから、私たちの姿はその水滴に映っているかもしれないね」と笑顔で言う。

女の子は雲が水滴でできていて、その水滴に自分の姿が映っているなんて考えたこともなかったので、感心しながらあの雲の中にある無数の水滴に映し出されるこの場所の景色のことを想像する。雲の中にあるたくさんの丸い水滴の一つ一つが今ここで上を見上げている私たちをみんな同じように映し出している。

するとバタバタと走るみんなの足音が聞こえてきます。そしたら話しかけてきてくれたその子が「あんなに高い空からだから私たちだけじゃなくて、あんなふうに楽しそうに走っているみんなも同時に水滴に映し出されている」と嬉しそうに言う。

雲の中の水滴たちはゆっくりと風に流されていろんな景色をその姿に映し出しながら旅を続けていく。そんな今、私がこうして二人で話をしていること、そして遊んでいるみんなを眺めていることや、空に浮かぶ雲、さらには風に吹かれて音を立てている木の葉などを私はこの目で映し出し、頭の中でそれが記憶の引き出しへと大切にしまわれていく。

そんなことを思った時にあの雲は風に吹かれて旅を続けてこれから先、どんな景色や人をその姿に映し出していくんだろう？　するとその子が「あなたはこれからどんな景色が見たいの？」と聞いてくる。

私はさっきのように「わからない」と首を横に振ろうとしたけど、あの雲の中にある水滴の一粒一粒に映し出される風景を想像した時に「もしかして私にも見てみたい風景があるのかも」と思えてくる。

しっかりと安全に閉じられた校門の外を飛び出していくと無限の世界が広がっているような気がしてくる。

私は、外に飛び出して自由に行けるとしたら動物園に行きたいのかな？と思った時にいろんな動物が柵越しに見えている場面が浮かんでくる。それともみんなが楽しんでいる遊園地の風景が見てみたいのかな？と思ってみると遊園地でみんなが楽しんでいる場面が見えてくる。

それともみんなが楽しんでやっているゲームの中に入って、そのゲームの中の風景を楽しんでみたいのかな？とテレビで見たゲームの場面を想像してみる。「私が見てみたい景色って何？」と思った時にもしゲームの中に入っていけるのだったら、本の中にも入っていけるのかもしれない。

本の中には文字がいっぱい書いてあるけど、その文字がいろんな景色を表現していて、その文字を読むだけでいろんな世界へと誘ってくれていろんな景色を見せてくれる。

そう、一冊の本にはたくさんの景色がたくさん散りばめられているだけではなくて、それを書いた人の人生がその中に詰まっている。私が歩いて回って見る風景も新鮮でいいけど、本の作者が見せてくれた風景は私の想像力を豊かにしてくれる。

なんで本を読めば読むほど想像力が豊かになるんだろう？　そんなことを考えていた時に、近くにいてくれる子が「あの雲の中の水滴のようにたくさんの景色を眺めれば眺めるほど豊かになるんじゃないかな」と声をかけてくれる。

そう、私のこの目線から見える景色よりも高い、高い雲の上から見る景色は豊かな情報に満ち満ちている。「ほら！　本を読んでいる時も、高い、高い所から本の中に描かれている景色を眺めていたら豊かになれるような気がするでしょ」とそばにいる子が私に教えてくれる。

そう、確かに本を読む時に、本に顔を近づけて一文字、一文字を気にしていたら本の中に描かれている景色は浮かび上がってくるのに時間がかかってしまう。雲のように高い所から全体を見渡すような感じで読んだ時に、いつしか本を書いてくれた人と同じ視点になり豊かな景色が見えてくる。

雲が地上を高い位置から眺めた時に「あそこの道とあそこの道は繋がっているんだ！」

ということが一瞬でわかるように、高い位置から本の中の景色を眺めた時に、その中に描かれているさまざまな景色はすべて繋がりがあることが見えてくる。

行ったことがない場所を散策していて、最初は不安で道を覚えるのが困難に思えていても「この道と、あの道は繋がっているんだ！」と気がついた時の喜びが私の中で湧いた時に、歩んできた道をしっかりと記憶に刻むことができて迷うことがなくなる。そう、高い位置から風景を眺めれば眺めるほど、いろんな道のつながりが瞬時に一望できて頭の中で喜びが連発する。そして、その喜びが湧いた時に、しっかりと記憶として残り私は迷子にならなくなる。

迷子になるかもしれない緊張感、ドキドキ感も新鮮で楽しいけど、ちゃんと地図が頭に入っていると違った気持ちよさがあるのかもしれない。もう迷わない自信が、新しい景色を探索したいという探究心につながり、さらに新しい景色を見る旅に出かけたくなる。

そして、どんどん繋がっている喜びを感じながら私の中の地図がどんどん広がっていき、やがて大空の向こうにある星たちの世界に興味を持つのかもしれません。夜空に散りばめられたキラキラと輝く星たちを見上げた時に浮かぶ一つ一つの星のつながりが星座となって記憶に刻まれていく。

ただ星を見上げている時は「キラキラとして綺麗」とその煌めきに感動していたけど、その星の一つ一つを線で結んで織りなされた星座に込められた物語を知った時に、その星座が物語と一緒に記憶の中に刻まれていき、私はどんどん豊かになり、さらに星座を織りなす一つ一つの星の名前まで記憶として残され私を豊かにしてくれる。

すると、その星座を織りなす一つの星の光が一三三年前のものであることが私の中に記憶され、さらにはその横の星の輝きは一九二年前であって、同じような光であっても私が立っているこの場所との距離が違っていることを知ることで私はさらに豊かになり、私の見てみたい風景がどんどん広がっていきます。

そう、本の中で文字を使って描かれている景色が私の中に記憶として刻まれていき、私を豊かにしてくれる。そして、本を閉じても、フッと目を閉じれば夜空に浮かぶ満点の星空の中を旅することでき、一〇〇年、二〇〇年、そして五〇〇年、さらには一〇〇〇年前の光を浴びることができる。

そんな時に膝を抱えて座っていた女の子が乾いたコンクリートの上から立ち上がり、隣に屈んで話しかけてくれた子に手を差し伸べます。話しかけてくれた子は、女の子と同じ目線になりたくて屈んでいたのに、今は立ち上がった女の子を見上げることになって、差し伸べられた手を掴んで立ち上がります。

そして同じ目線になった二人はお互いにうなずきあい、みんなの笑い声がする方向へと駆けて行ったんです。そう、新しい景色が見たくなって、二人は走っていく。新しい景色が私たちを豊かにしてくれるから。

「ひとーつ！　爽やかな空気が頭に流れていきます！」という青木の声が聞こえてきて「うゎ！しまった！」と私は内心焦ってしまう。

「ふたーつ！　頭がだんだん軽〜くなっていきます！」で、私は大きく深呼吸をしながら「途中からすっかり寝ちゃってた！」とお師匠さんの催眠を受けた時と同じ感覚になっていることが悔しかった。

「三つで大きく深呼吸をして！　頭がスッキリと目覚めます！」という青木の声で私は背伸びをしながら大きく息を吐いて、目を開ける。

そして、思わず「青木！　すごいじゃん！　どうして催眠のお師匠さんから習っていないのに催眠スクリプトが書けたの？」と思わず聞いてしまった。

青木は爽やかな顔で「夏目が、俺に催眠をかける前に色々情報を聞いただろ！　あれが催眠の物語を作るコツなんだろうな、と思って夏目の情報を集めて作ってみたんだ」と言った。

「うわ！　あんたって本当にすごいんだね！　だって、私は完全に催眠状態に入っちゃって、物語を覚えてないもん！　お師匠さんに催眠を受けた時と一緒だもん！」と伝える。

青木は「俺も、途中で夏目が寝ちゃったかな？って不安になったけど、夏目が相手の呼吸に合わせて物語を読むことをやっていたから、俺も真似をしていただけ」と青木は残りのドリンクを飲んで片付け始めた。私もすっかり氷が溶けて薄まってしまった烏龍茶を飲み干して立ち上がる。

立ち上がった時に青木が「ほら！」と言ってさっきまで読んでいた催眠スクリプトの紙をクリアファイルに入れて私に渡してくれた。「えっ？　ありがとう！」とだけ言って受け取って歩きながらカバンの中に入れようとした時「たくさん線が引いてあって書き込みがしてある！」とびっくりしてしまう。

こんな大変な時期に私のために、とちょっと申し訳ない気持ちになる。ボーッとしながらエレベーターで受付まで降りて歩いていくと青木はさっさと伝票を持ってカウンターで支払ってくれて、私が慌てて財布を出すと「これは俺のお礼の気持ちだからいい！」とビシッと言われて、私はそのちょっとした迫力に「ありがとう」と財布をしまった。

カラオケ店の自動ドアが開くと熱気が襲ってくる。私は思わず「暑いね！」と叫ぶ。青木は涼しそうな顔をしながら「そうか？」とだけ呟いて駅の方へと歩いていく。

私は後ろから「なんで私に催眠スクリプトを書いてくれたの？」と聞いてみた。青木は、長い足で私に合わせてゆっくり歩きながら「夏目に助けられたからだろ！　そしてお前が困っていたから」と呟いた。

私は心の中で「うそ！　どうして私が困っていることがわかったの？」とびっくりするが駅に着いてしまう。

青木は私とは反対の電車が来た時に「じゃあまたな！」と手を挙げて乗って行く。私は一人残された暑いホームでボーッとしながら電車を待っていた。

時計をチェックすると、学校期間中はちょうどお師匠さんのオフィスに出かける時間だったので「久しぶりにお師匠さんのところに行ってみるか！」と決断して電車を乗り換える。

「あれ？　これって青木の催眠の影響？　最初の方の女の子が膝を抱えている場面しか覚えてないけど」と心の中で呟いていた。電車に乗って問題集の図書館での続きを開いた時に「なんだかちょっと違うかも！」というワクワク感がある。

「うそ！　青木の催眠が効いてる？」と思ったら悔しくなって目の前の問題に集中することにした。

駅からお師匠さんのオフィスへの坂道を歩いていると「夏目さん！」と聞き覚えがある声が後ろから聞こえてきた。振り向くとお師匠さんだった。

私が挨拶をすると「お久しぶりですね！」と優しい笑顔で歓迎してくださっているのが伝わってくる。

私は青木との勝負のことは以前お師匠さんに話をしていたので、青木と図書館で一緒に勉強している時に突然小さな膝を抱えた男の子が頭の中に浮かんできたことを話して、そして、お師匠さんに青木からもらった催眠スクリプトの入ったクリアファイルを手渡す。

お師匠さんは歩きながらそれを読み始めた。

オフィスに入ると、お師匠さんは受付の机に座って、メガネを上下させながら青木のスクリプトを真剣に読み続けていた。

お師匠さんの催眠で青木はクラスで成績がトップになって、私が受験しようと思っている大学は余裕で合格圏内になっていた。それまで青木はイケメンだったけどちょっと抜けている感じがあって「勉強ができる」とは一回も思ったことはなかったし、担任の本間に「志望校は諦めろ」と指導されていた。

それをお師匠さんの催眠が変えてしまって、そして私に催眠スクリプトを書いてくるなんてすごい、と思おうとしたけど、いまいちその感動が私の中に湧いてこない。

でも、お師匠さんのおかげですごいことが起きていることをお師匠さんには感謝の意味を込めてお伝えしたかった。

お師匠さんは、青木が書いたスクリプトを読み終えて「夏目さんはすごいですね～」とおっしゃる。「え？　それって青木が書いたスクリプトですけど！」とお師匠さんの勘違いを正したくなってしまう。

お師匠さんは、「青木さんと一緒に勉強をしている時に夏目さんは膝を抱えた男の子を見たっておっしゃってましたよね。それって、子どもの頃の青木さんの姿だったのだと思います。青木さんは、子どもの頃から勉強ができて『すごい子』と大人から言われるぐらいだったのなら、天才児だったのだと考えられるんです」と言う。

私は思わず「天才児だったらチヤホヤされるから孤独を感じる必要なんてないんじゃないですか？」と質問をする。だって、私は頭が悪くてずっと孤独感を感じてきたのだから。その逆だったらどんなに薔薇色の人生を歩めるのか、と憧れてきたんだから。

お師匠さんは「ガッハッハ！」と笑いながら「知能が高ければ高いほど誰にも自分が考えていることが理解されない孤独感を抱えてしまうんです」とおっしゃった。「だから、青木さんは頭をぶつけるスポーツに没頭して、考える力を削っていたのでは、と思っています。もし、青木さんがそれを意図的にやっていたのだったら本物の天才児ですけど」、とお師匠さんは解説を続ける。

「ここに出てくる主人公の女の子は夏目さんのことで、青木さんは夏目さんが自分と同じ天才児である、という認識を持っているみたいです」私はそれを聞いて顔が赤くなってきて「お師匠さん！　それは違うと思います！　だって私は青木みたいに子どもの頃から勉強ができたとか全くなかったから！　勉強が楽しくなってきたのってお師匠さんの催眠のドーピングでズルだと私は思っていますから」と慌てて否定する。

お師匠さんは笑いながら、「青木さんはわかっているみたいですよ！　夏目さんが第四の発達障害であることを」と答える。「え？　第四の発達障害って何のことですか？　確かに頭が悪いから障害があるとは思っていましたけど」とお師匠さんに質問をする。

するとお師匠さんは「第四の発達障害は、たとえば親から育児放棄されたり虐待をされてしまうと落ち着きがなくなって、忘れ物が多くなってしまったり、他の子どもたちとうまくコミュニケーションが取れなくなったりする発達障害と同じ症状になる」と静かにおっしゃった。私は、衝撃を受けてしまう。母親からされてきたことが虐待とは思いたくなかった。

多分、お師匠さんもそれを知っているはず。でも、青木は私がそれであることをちゃんと見抜いていて、それが私の受験勉強になんらかの障害になっていることを気づいていたんだ、と思ったら悔しくなってきた。

さらに、お師匠さんが「忘れ物」とおっしゃって、私は、最近、勉強したことを後になって忘れてしまって記憶に残っていなくてがっかりしたことを思い出していた。

お師匠さんは「青木さんは、夏目さんが第四の発達障害でずっと勉強ができなかった、と思っていて、今でもその影を引きずっていることを見抜いていらっしゃるみたいなんです」と話してくださる。

私は「お師匠さん！　私、青木に自分のことを話したことがないし、図書館で勉強している時でも一切話をしてませんけど」と説明をした。お師匠さんは「そうでしょうね！」とおっしゃる。「夏目さんだって青木さんと勉強している時に幼い天才児の孤独の姿を頭の中で見たでしょ！」と言われ「確かに！」とびっくりしてしまう。「夏目さんが幼い青木さんの孤独を感じたように、青木さんも一緒に勉強をしていて何か夏目さんの中のもどかしさを感じていたんでしょうね！」と優しいトーンで教えてくださる。

「虐待をされてしまうと自分を蔑むようになってしまうから、自分が読んだ本や勉強していることに価値を見出せなくなってしまう。そう！　素晴らしく価値があるものをいただいている、と思った方が大切にして記憶に残りますでしょ。夏目さんは青木さんと同じ価値の人間だから、素晴らしい夏目さんが勉強していることはすごく価値があるものでいつまでも大切に記憶に残される、という暗示がここに含まれているんです」と言った。

私はそれを聞いて「いや！　私なんて青木に比べたら価値がないです！」と言いそうになった。でも、なぜかその時に夜空に光る星が頭に浮かんできてその言葉に全く意味がないことを感じた。

「うわ！　これも青木の催眠の効果なの？」そんなことを感じた時にお師匠さんは「夏目さんは本当に面白い！　こんな素敵な出会いがあるなんて！」と満面の笑みを浮かべる。

「素敵な出会い」の意味が男女間の出会いではないことはわかっていた。お師匠さんと私の無意識の世界がどんどん広がっていく出会いのことであることを私はちゃんと知っていて、涙があふれそうになる。

そんな時、オフィスのドアが開いて、催眠講座の受講者さんたちが入ってきた。私はお師匠さんの横でみんなに挨拶をする。後ろから綺麗なスーツ姿の女性が入ってきて「久しぶり！」と大きな声が響いてくる。「あ！　風間さん！　こんにちは！」と私は嬉しくなって頭を下げる。

頭を上げた時には風間さんが私の目の前に立っていて、「うわ！　綺麗！」と思わず心の声が漏れてしまった。

風間さんは「うん！　それ最近よく言われる！　夏目ちゃんの催眠のおかげだよ！」とかわいく言ってくださって、それが冗談だとわかっていても私は思わず「とんでもない！」と両手がワイパー状態になってしまう。

風間さんは、「あなたの催眠には本当に感謝しているんだから！」と言って講座の部屋へ入って行った。

みんなが部屋に入っていった時にお師匠さんが「夏目さん、青木さんが書いたスクリプトを皆さんに聞かせてあげてもよろしいでしょうか」とおっしゃった。

青木が私に渡したということは、お師匠さんへのリスペクトと感謝のメッセージが含まれているんだろう、と思ったから、「大丈夫だと思います！」と伝えた。お師匠さんはにっこりと「ありがとうございます」と言いながら講座の部屋に入ってドアを閉める。

私は問題集を解き始める。

しばらくしてお師匠さんの「今日は、ある方が書いてくださったスクリプトを皆さんに聞いていただいて、後ほど感想をいただければ、と思っています」という声が聞こえてきた。

すると風間さんの「あ！　それって夏目ちゃんのですか？」と嬉しそうな声が聞こえてきて、一度、風間さんのために書いたスクリプトを聞いたことがあるみんなは「おぉ～！」と声をあげる。

でも、お師匠さんは「皆さんの想像にお任せします」と濁して、そして「それでは」と青木が書いた催眠スクリプトを優しい声で読み上げる。青木が読んだ時はちょっとぶっきらぼうな感じだったが、お師匠さんが読み上げると優しい素敵なスクリプトに聞こえる。

私は、いつの間にか夢の中で夜の星空を見ている感じになっていた。そしてお師匠さんの「三つで大きく深呼吸をして！　頭がすっきりと目覚めます！」の声で「うわ！　また寝ちゃった！」

と心地よい寝起きの気だるさを感じていた。

受講者さんたちがいる部屋からは「うわ〜！　よく寝た！」という声が聞こえてくる。お師匠さんは「みなさん、このスクリプトを聴いていかがでしたか？」とちょっと意地悪なような質問を投げかける。だって、みんな催眠状態になっていたからスクリプトの内容を覚えていないんだから。

みんなが困って静まり返ったのでお師匠さんが「実はこのスクリプトは、夏目さんが読んだスクリプトで自分自身を取り戻した同級生が、夏目さんのために書いた催眠スクリプトだったんです」と説明するとみんなが驚いていた。

「え？　催眠の勉強をしていない人がこれを書いたんですか？」と参加者の男性の声が聞こえてくる。お師匠さんは嬉しそうに「はい、無意識の力は無限なんです」と、このスクリプトに込められたメッセージを語り始めた。

すると鼻をすするような音が聞こえてきて、皆さんが涙を流していることが壁越しに伝わってくる。参加者の方があらためてお師匠さんに「無意識の力って一体何なんですか？」と質問をしていた。

私はハンカチで目を押さえながら「そりゃごもっともな質問だ」と思いながらお師匠さんののらりくらりとした答えに耳を傾けていたらまた催眠状態に入りそうになってきた。そして「ありがとうございました」という声と共に講座の部屋のドアが開いた。

「夏目ちゃん！」と風間さんが部屋から出てきて、私の方に向かって涙顔でいきなり抱きついてきた。「あんたも大変だったたんだね」と耳元で言われた時に、涙があふれそうになって慌てて上を向いて涙を堪え、風間さんを力一杯抱きしめる。

参加者の男性たちは受付のテーブル越しに「夏目さん！　いつもありがとう！」と次から次へと頭を下げてくれる。私は「こちらこそ、いつもありがとうございます」と深々と頭を下げる。

風間さんは最後に「夏目！　いつもありがとう！　応援しているからね！」と言って玄関のドアを閉め、みんなは夜の街へと消えていった。

お師匠さんと私が残って片付けが終わり、駅までの坂道をお師匠さんと一緒に下っていく。そして駅に辿り着いてお師匠さんと別れる時に、お師匠さんが笑顔で「夏目さん！　いつもありがとうございます」と頭を下げた。この時に私は講座に参加していたみんながなんで「いつもありがとう」と私に言ったのかがわかった気がした。

「あ！　私を通じていろんな出会いがあって無意識の世界が広がっていくことへのありがとうなんだ！」と理解した。

私もお師匠さんのおかげで風間さんや他の方々と出会って、無意識の世界がどんどん広がっている。

私もお師匠さんに向かって「いつもありがとうございます」と改札の前で頭を下げる。お師匠さんが優しい笑顔でずっと手を振っているので、私はお師匠さんを早く解放してあげたくて、駅のホームに続く階段へと走っていく。

振り返るとお師匠さんは私の後ろ姿に向かって手を振っていて私は「ありがとうございます」の意味を込めて階段の途中でお師匠さんに向かって頭を下げる。電車に乗り込み席に座った時に、私の胸の中はこれまでに体験したことがなかったぐらい何かに満たされていた。

この余韻に浸って朝からの出来事を振り返りたかったが、問題集を取り出して集中してみる。問題を解き始めて「あれ？　ちゃんと以前やったことを覚えているかもしれない」と思った時に青木の悔しさがわかったような気がした。

青木の催眠スクリプトでこうなったとしたら、ものすごく悔しい。お師匠さんが青木の催眠スクリプトを解説してくださった暗示で記憶力が上がったような気持ちになっているだけ、として、頭を振って雑念を振り払って再び集中していく。

「ガタン、ゴトン」という電車の心地よい振動を感じながら。流れていく外の夜の景色をバックに窓ガラスに映る私は目の前の問題を解きながら不思議な喜びを感じていた。

あれから青木とは何もなかったように図書館で勉強を続けていた。夏休みが明けて沙知や由衣、そして亜美に久々に会った時は「別人じゃん！」と思わず叫んでしまうぐらい大人っぽくなっていた。みんな夏休みは大変だったんだろうな、と勉強や仕事の苦労が顔に滲み出ているような感じだった。

そして、時が過ぎて春になり、三人とも次から次へと志望校に合格して喜び躍り、なぜか今、私の横に座って電車の中で騒いでいる。

「いや〜！　だから、落ちていたらみんなに迷惑をかけるから！」あといくつかの駅を過ぎたら合格発表の受験番号が張り出されている大学がある駅に辿り着くというのに、私はまだ三人に抵抗していた。亜美が「いいじゃん！　そうなったらそうなったで！」と相変わらずデリカシーがないことを言う。

いや、三人の前で不合格だったら私はどんな態度をしたらいいの？と考えると胸が苦しくなってくる。

沙知から「夏目！　往生際が悪いぞ！　もうここまでみんなで来ちゃったんだから諦めろ！」と言われて私は情けない顔になる。

由衣に「今日、仕事じゃなかったの？」と尋ねると「今日はオフにしてもらったんだ！」と何故かはしゃいでいる。

「どうして由衣まではしゃいでいるの〜？」と私は情けない声を出す。だって全然自信はなかったから。「いいじゃん！　諦めなよ！」と亜美があっけらかんと言うが「あんたは大学が決まっているから言えるんでしょ！」と私はブツブツ言っている。駅に到着するとホームにはどんよりとした顔の学生らしき人が立っていてドキドキしてくる。

その横には合格したみたいな嬉しそうな顔をした親子が喋っている。その脇を通って私たちは大学へと歩いていく。

大学の門が見えてきて、春先の心地よい風にどこからかまだ早い桜の花びらが吹かれて舞っている。

私はドキドキしながらみんなと歩いている。

合格者の受験番号が記されている掲示板が見えてきて、私の心臓のドキドキはマックスで胃が口から飛び出しそうな感覚に襲われていた。そんな私に亜美が「夏目！　何番だっけ？」と私の受験番号を聞いてきた。「それは夏目が自分で確認するんだから！」と沙知が亜美にツッコミを入れる。

私は受験票を取り出して番号を確認する。

私の番号の一つ前が合格していて「もしかして次の番号が飛んでいたら！」とドキドキしながら丁寧に見ていく。「あった！」全身の力が抜けるような感覚になっていた。

私は三人の元に戻って「番号があった」とポツリと言った。すると三人が「やった〜！」と飛び上がって私に抱きついてくる。

由衣が「よかったね〜！」と涙を流している。私も涙が出てきてしまう。沙知が「よく一人で頑張ったね！」と抱きつきながら私の頭を撫でてくれた。亜美はアホみたいに「よかった！」と飛び跳ねていた。

その飛び跳ねている亜美の肩の向こうに青木の姿が見えた。余裕の表情でポケットに手を突っ込んでこちらを見ている。

そして、私と目が合うと青木は人差し指で自分の方をさして「俺のおかげで合格したんだぞ！」というジェスチャーをした。

私は「あはは！」と笑い出してしまった。みんなは「合格して喜んで笑っている！」と思っているみたい。

でも、私は「青木、やるな！　やっぱり本当に天才児だな！」という笑いだった。そう、私の催眠で青木が受験で合格した、ということだったら対等になれない。だから、青木はあえて催眠スクリプトを作って私に読み上げて「青木の催眠のおかげで合格することができた」というストーリーを作り上げていた。

私は青木の方に向かって「やるね！」という意味を込めて親指を上に向けた「いいね！」のサ

インを送る。

私がサインを送っている方向をみんなが見て「青木だ！　あいつもここを受験したんだよね！」と亜美が解説してくれる。青木は、私たちを見て遠くから「じゃあな！」というジェスチャーをして駅の方へと歩いていく。

私たちは、喜びを十分に分かち合いながら未来へと一歩、踏み出す。

これから無意識の世界がみんなを通じて広がっていく喜びを感じながら、一歩、一歩、仲間は共に新たなる世界へと向かって歩いていく。

あとがき

「人生は催眠スクリプト」

読者の皆さんの心の中で夏目ちゃんが旅を続けていてくれたから『催眠ガール2』が生まれました。そして、これからも読んでくださった皆さんの中で、旅は続いていく。すると、皆さんの心の中の夏目ちゃんが紡ぎ出す催眠スクリプトで、本来の自分の姿へと戻っていき、そして、皆さんと関わる人たちも本来の姿へと戻ってお互いに素敵な影響を及ぼしあう。

一度、お師匠さんの「催眠」に触れたら、無意識のタネはいつの間にか芽吹いて、そして大きな木へと成長して心の大地に潤いをもたらし、周りを豊かにしてくれる。

無意識のタネが芽吹いた当初はすぐに折れてしまうような危うさを感じていたのに、苦しみや悲しみをたくさん経験してきて耕された豊かな心の大地に芽吹いた無意識のタネは、いつの間にか誰にも傷つけることができないぐらい太く大きく成長して、心に深く根を張り潤いを奥底から吸収して、心の大地を豊かに潤す。

ある方が『催眠ガール』を読んで催眠に興味を持ってくださって、大学で心理学を勉強してみたいと学校見学に行かれた。

その時に、大学の担当者が「心理学を勉強するには相当な覚悟がなければ続けることはできません」と説明したみたいで「私にはそんな覚悟がないからどうしよう」と戸惑っていらっしゃった。

私はそれを聞いて笑ってしまった。なぜなら、私にはそんな覚悟は全くなかったから。「いつでもやめられる！　いつでも変えられる！」と思っていて、続ける覚悟なんて全くと言っていいほどありませんでした。

周りにはたくさんの志が高い人が入ってきて、熱心に勉強していたけど、その人たちはいつの間にか消えていなくなっていた。

固い意思があればあるほど、ポッキリと折れてしまうことはこれまでも何度も経験してきて、私なんて挫折と諦めでできているのでは?と思うくらい全てが中途半端だった。途中で諦めてしまう自分に情けなくなって、たくさんの涙を流し、悔しい思いをしてきた。

今回、夏目ちゃんと一緒に旅をして、お師匠さんの催眠スクリプトの仕掛けがちょっとわかった気がした。『催眠ガール』の夏目ちゃんは、何かイヤなことがあるたびに自分を責めて、心が傷ついてきた。

自分を責めて心が傷つけば傷つくほど失敗、挫折、そして諦め、後悔を繰り返してしまう。でも、自分を責めて自分の心が傷つくってことは、心が耕された状態になるということ。

自分を責めて何度も心の地面に鍬を入れて耕してきた。

そして、自分に対してかけてきた数々の否定的な言葉が心の肥やしとなって、鍬を入れるたびに心の地面を豊かな大地へと育てていた。

心が傷ついて耕されていればいるほど、催眠スクリプトで無意識のタネがその地面に落ちた時に、涙で潤った大地はすぐに無意識の種子から芽を出させ、その小さな芽はさらなる潤いを求めて心の奥底へと根を張っていく。

傷ついて耕された地面だから、無意識のタネから伸びた根はぐんぐんと奥底へと張っていき、いつしか心の地面が無意識の根によって揺るぎないものになっていく。

これまで心がたくさん傷ついて耕された大地だからこそ、無意識のタネはぐんぐん根を広げていき、心をしっかりと守ってくれる。

お師匠さんの催眠スクリプトによって蒔かれた無意識のタネは、泣き虫だった夏目ちゃんの心の中ですぐに芽吹き、さらなる潤いを求めて根をぐんぐん広げていった。

そして、いつの間にか大きく成長した無意識の木が実って、その実が種となり夏目ちゃんは、その種を催眠スクリプトにしたためて、皆さんの耕された心の中へと蒔いていく。

だから、何をやるにしても覚悟とかやる気とかは必要ない。これまで何度も、何度も耕された心の大地に無意識のタネが根付いているから。

普段の一見変わりない生活の中でも、夏目ちゃんが蒔いた無意識のタネは耕された心の中でぐんぐんと根を伸ばして、心の奥底から潤いを吸収していくから、過去の夢や希望がいつの間にか蘇ってきて知らず知らずのうちに、それに向かって動き出す。そうして、動いていくと自然と周りが変わっていく。

なぜなら、人生は催眠スクリプトだから。

日々の一歩、一歩のその歩みが夏目ちゃんが読む催眠スクリプトと同じ効果で無意識のタネとなって周りの人たちの心に蒔かれていく。人生は催眠スクリプトだから、語る言葉、そして何気ない日常のちょっとした行動が周りの人の耕された心に無意識のタネを蒔いていき、その人の耕された心の大地で無意識のタネは芽吹き、その人の心の奥深くに根を張って地面を潤していく。

そう、お師匠さんや夏目ちゃんの催眠スクリプトに触れた瞬間から、これまでの人生が催眠スクリプトとなって周りの人の心を豊かにしていく。人生は催眠スクリプトだから、周りの人に素敵な影響を及ぼして、周りがどんどん輝いていく。

それを見て私は「どうして周りの人は輝いていて私だけは輝けないの?」とぼやきたくなる。

そんな時に夏目ちゃんは「人生は催眠スクリプトだから、多くの人に影響を与え、みんなの無意識を大きな樹へと成長させてしまったのだから」と嬉しそうにいってくれる。人生は催眠スクリプト。

令和五年十月　大嶋信頼

イラスト　げみ
ブックデザイン　小口翔平＋村上佑佳＋青山風音（tobufune）

参考文献

『子ども虐待という第四の発達障害』（杉山登志郎、学研）

大嶋信頼

（おおしま・のぶより）

心理カウンセラー。株式会社インサイト・カウンセリング代表取締役。米国・私立アズベリー大学心理学部心理学科卒。短期療法であるFAP療法(Free from Anxiety Program)を開発し、トラウマのみならず多くの症例を治療している。著書に『「いつも誰かに振り回される」が一瞬で変わる方法』『「すぐ不安になってしまう」が一瞬で消える方法』（以上、すばる舎）、『「行動できない」自分からの脱出法!』『催眠ガール』（以上、清流出版）、『無意識さんの力でぐっすり眠れる本』（ダイヤモンド社）等多数。

催眠ガール2

2023年12月13日　初版第1刷発行

著　者　大嶋信頼

発行者　松原淑子
発行所　清流出版株式会社
〒101-0051 東京都千代田区神田神保町3-7-1
電話　03-3288-5405
HP　https://www.seiryupub.co.jp

編集担当　秋篠貴子
印刷・製本　シナノパブリッシングプレス

乱丁・落丁本はお取替えいたします。
ISBN978-4-86029-554-7

本書をお読みになった感想を、QRコード、
URLからお寄せください。
https://pro.form-mailer.jp/fms/91270fd3254235